LE LIVRE DU TEMPS

LE LIVRE DU TEMPS

Guillaume Prévost

I. La pierre sculptée

GALLIMARD JEUNESSE

Pour Charles et Pauline

I

Sam

Samuel se laissa tomber en grommelant sur son lit : aucune envie de sortir. Il jeta un œil mauvais au sac de sport à moitié ouvert à ses pieds et à la manche de kimono qui dépassait et semblait murmurer avec insistance : « Dépêche-toi, Sam, y a compét' aujourd'hui ! » Oui, justement, il y avait compét' aujourd'hui, c'était bien le problème. Et pas n'importe quelle compétition encore : « Tournoi des 14-16 ans, toutes catégories ». Une épreuve diabolique, fruit d'un cerveau malade et antisportif, qui se soldait en général par un face-à-face avec un gaillard de quinze centimètres plus grand et de vingt kilos plus lourd. Or Samuel n'avait aucune envie de se faire tordre dans tous les sens – par le gros Monk, par exemple – pour finir la tête comprimée sous une grosse paire de grosses fesses. Non, pas aujourd'hui. D'abord, c'était son anniversaire et…

– Sammy, qu'est-ce que tu fais ? cria une voix impatiente à l'étage en dessous. Tu vas rater ton bus !

– C'est bon, Grand Ma', je descends.

Mais au lieu de cela, il se renfonça davantage dans son oreiller. De la pièce voisine lui parvenait le timbre surexcité d'une chanteuse hystérique qui n'en finissait pas de s'extasier sur la beauté du garçon qu'elle venait de croiser à la plage :

Qu'il est beau
Qu'il est chou
Je crois bien qu'il me fait les yeux doux
Le garçon de la plaaaage !

Pathétique.

À l'origine de ce vacarme, sa cousine Lili, qui n'avait rien de mieux à faire le samedi matin que de réunir ses copines pour de longs conciliabules entre filles, nappés de tonnes de guimauve sonore. À sa décharge, Lili n'avait que douze ans – autant dire l'âge bête – et c'était pour elle un moyen de se consoler des absences répétées de sa mère : celle-ci l'avait longtemps élevée seule, mais, depuis quelques mois, elle accompagnait son nouveau fiancé dans tous ses déplacements. Lili était une pure chipie, le plus souvent agressive avec Sam – y pouvait-il quelque chose, lui, si tous les deux vivaient chez leurs grands-parents ? –, toujours à se moquer des autres, en particulier sur le terrain glissant des résultats scolaires. De manière incompréhensible en effet, du moins si l'on en jugeait par le genre de bêtises qu'elle écoutait, Lili volait de succès en succès à l'école, rentrant chaque soir avec des notes plus exceptionnelles que la veille et raflant à la fin de l'année tout ce qui existait comme distinctions et récompenses. Un vrai mystère.

J'espère qu'il saura être saaaage,
Oh ! oui, le garçon de la plaaaage !

– Sammy ! Il est presque 10 heures !

Samuel soupira et donna un grand coup de pied dans son sac. Tout le monde en avait après lui, de toute façon.

Il sauta du lit, enfila ses chaussures de sport sans les lacer et ouvrit en ronchonnant la porte. Manque de chance, Lili et sa petite bande avaient aussi investi le couloir. Elles lui faisaient une sorte de haie d'honneur pleine de sourires narquois et de tee-shirts rouge, orange ou rose qui leur couvraient à peine le nombril.

– Tu as pensé au sparadrap, Sammy ? demanda sa cousine sur un ton faussement bienveillant. Et à la pommade pour les bleus ? C'est qu'il ne faudrait pas que tu te fasses mal, mon chéri. Tu te souviens, la dernière fois ?

La dernière fois, Samuel avait été écrasé au bout de 43 secondes sous le gros ventre du gros Monk. Très mauvais souvenir. Sa cheville s'était retournée en formant un angle inquiétant avec le reste de sa jambe. Privé de skate pendant un mois.

– Essaye au moins de passer le premier tour, ajouta-t-elle en se tenant les côtes. Après tout, on ne sait jamais !

– Merci du conseil, répliqua-t-il. Et si je vois le garçon de la plage, je lui donne ta photo, promis. On ne sait jamais…

Il dévala l'escalier sans se retourner tandis que les filles gloussaient bruyamment dans son dos. Au pied des marches, sa grand-mère l'attendait en brandissant un sac en papier bien fermé.

– Sammy, enfin, qu'est-ce que tu fabriques ? Tu vas louper ton tournoi ! Toi qui aimes tant le judo ! Tu n'es pas malade, au moins ?

Elle secouait ses boucles d'un blanc presque bleu avec un air de surprise inquiète.

– Tout va bien, Grand Ma', je faisais seulement quelques échauffements. Papa n'a pas appelé, par hasard ?

Une fraction de seconde, Grand Ma' baissa les yeux pour dissimuler sa gêne.

– Non, mon chéri, non. Peut-être à midi…

– Tu lui diras alors qu'il vienne me prendre au gymnase ?

– Oui, évidemment.

Mais il y avait autant d'enthousiasme dans sa voix que s'il l'avait interrogée sur la probabilité que Tom Cruise s'invite tout à l'heure à déjeuner.

– Tiens, Sammy, je t'ai fait tes sandwiches. File maintenant, ou tu ne seras jamais à l'heure. Et sois prudent, surtout, pas comme l'année dernière.

Samuel se mordit la langue pour ne pas répondre. Il embrassa sa grand-mère, attrapa son skate et sortit.

Une fois calé sur la banquette à l'arrière du bus, Sam se mit à contempler le paysage de petites maisons toutes identiques qui défilaient à travers la vitre et qui le rapprochaient lentement du centre-ville. Dix jours que son père n'avait pas donné signe de vie… Pas un mail, pas un coup de téléphone, pas une carte. Ce n'était pas la première fois, mais tout de même. Dix jours ! Dans la famille, on se plaisait à raconter qu'Allan était le prototype même de l'original. Qu'à cinq ans, il était capable de suivre un chien dans la rue sur deux ou trois kilomètres avant de s'apercevoir qu'il était perdu. Qu'à dix ans, il s'était lancé dans une abominable collection de rognures d'ongles et qu'il n'avait pas hésité à écrire à un nombre incalculable de vedettes pour qu'elles lui en envoient. Le pire était que certaines lui avaient répondu : un joueur de tennis, une chanteuse de rock, un présentateur de journal télé… Il avait archivé les précieuses reliques dans un classeur rouge que Grand Ma' gardait encore au grenier. À chaque fois, un petit sachet transparent avec le nom, la date et la lettre d'accompagnement. Plusieurs jours de suite, Allan s'était même planté devant le journal télévisé, cherchant à deviner à quel doigt du journaliste pouvait bien appartenir le petit bout de corne qu'il avait scotché dans son précieux classeur – pour sa part, Sam penchait plutôt pour l'ongle d'un vague assistant préposé au courrier.

Seulement voilà, son père n'avait plus dix ans… Il était assez grand pour ne plus collectionner les ongles ni courir après les chiens, et pour donner de ses nouvelles s'il devait s'absenter quelques jours. Quoique, à bien y réfléchir, depuis la disparition de la mère de Sam, Allan vivait presque dans un autre monde. Lui autrefois si joyeux, toujours partant pour une course à vélo ou une partie de *Burnout* sur la console, il s'était brusquement refermé comme une huître. Grand Ma' prétendait que c'était le chagrin, que ça lui passerait avec le temps. Trois ans après l'accident de voiture, il fallait cependant se rendre à l'évidence : les choses avaient tendance à empirer. Grand Ma' en était bien consciente, qui l'avait convaincu au début de l'année de prendre Sam avec elle. Son père s'était mollement défendu, puis avait fini par accepter. C'était peut-être mieux ainsi, d'ailleurs : il n'avait plus franchement la tête à s'occuper de son fils. Tout juste s'il ouvrait sa librairie deux ou trois jours par semaine, et encore, lorsque Grand Ma' l'y poussait ou que l'un de ses clients fidèles le harcelait au téléphone. Vague à l'âme, disait Grand Ma', manque de force de caractère, répliquait tante Evelyn – la mère de Lili – , dépression profonde, tranchait le médecin.

Or, dix jours plus tôt, Allan avait disparu. Il était certes coutumier de ce genre de fugues, mais d'habitude elles excédaient rarement deux ou trois jours. Il en revenait en général les bras chargés de cadeaux, expliquant qu'il avait dû faire un voyage urgentissime aux États-Unis pour se procurer tel ou tel ouvrage rare qu'on lui avait commandé. Grand Ma' l'écoutait avec indulgence puis lui claquait deux gros baisers sur les joues et Sam était trop content pour lui reprocher quoi que ce soit.

Sauf que, cette fois-ci, Allan ne se décidait pas à revenir. Et qu'en plus, c'était l'anniversaire de Sam. Un père, fût-il le prototype de l'original, pouvait-il oublier l'anniversaire de son fils ?

Sam descendit du bus devant la patinoire. Il y avait un marchand de glaces en face et le soleil était déjà si chaud qu'il hésita à se payer un cornet. Mais à dix minutes d'une compétition où il risquait de se faire retourner comme une crêpe, ce n'était pas très raisonnable. D'autant que son estomac produisait déjà des bruits bizarres : la perspective de se frotter aux costauds du club, sans doute.

Il fit glisser le skate sur le trottoir et commença à slalomer à toute vitesse entre les passants, les poussettes, les enfants désobéissants et les sacs de provisions. Rien de plus grisant que ces obstacles mouvants qui menaçaient de faire un écart à chaque instant et qui poussaient de petits cris quand vous les frôliez. Il racla une ou deux bordures, sauta par-dessus un banc en ciment et s'apprêta à négocier le tournant qui menait au gymnase. C'était du gâteau, du vu et revu cent fois : la grille du square à droite, une légère pente pour prendre de l'élan, la rue tout de suite après en perpendiculaire et…

Baong ! Il y eut un choc violent, un bruit de tôle froissée et Sam se retrouva sur le ventre, avec l'impression que tout le square venait de lui tomber sur la tête. Il avait dû heurter une vieille mobylette ou un bac à poubelles ou…

– Nom de Dieu de nom de Dieu !

Sam se redressa avec précaution. Un bac à poubelles qui parlait, alors…

– Nom de Dieu de nom de Dieu ! Cette petite mauviette de Faulkner !

Et qui connaissait son nom, en plus.

– Ne fais pas ça, Monk, intervint une voix féminine.

Monk. Il était tout simplement rentré dans Monk !

Mû par un instinct de survie dont il découvrait l'existence, Sam roula sur le côté au moment où le gros Monk se jetait sur lui, une jeune fille et un autre garçon accrochés à ses épaules.

– Non, Monk ! Non !

– Je vais le plier ! Je vais le plier !

Sam se releva d'un bond et évita de justesse un impressionnant plaquage qui l'aurait transformé à coup sûr en tapis de sol. Le sang affluait à ses tempes, mais apparemment, il n'avait – encore – rien de cassé.

Monk fit mine de le charger à nouveau quand, par chance, plusieurs curieux qui avaient assisté à la scène s'avancèrent pour le maîtriser.

– Eh bien ! Eh bien ! s'interposa un grand barbu dans un costume sévère.

– Il l'a fait exprès ! vociférait Monk en tendant le poing. Il m'est rentré dedans exprès ! Regardez ce qu'il a fait !

Il désignait du doigt sa sacoche renversée d'où s'échappaient des pièces métalliques et des genres de circuits imprimés.

– Vous avez vu ça, m'sieur ! Ça m'a coûté une fortune !

Tandis que Monk se démenait en roulant des yeux furieux, Cathie, la jeune fille qui avait tenté de le retenir, s'approcha de Sam.

– Ça va ? Pas trop de casse ?

Cathie faisait partie du club de judo de Sainte-Mary. Elle avait dix-sept ou dix-huit ans et s'occupait à l'occasion de l'encadrement des plus jeunes. C'était une assez jolie fille qui souriait tout le temps et dont Sam imaginait mal qu'elle puisse traîner avec Monk.

– Je… non, tout va bien, merci, balbutia-t-il. J'étais en retard pour le tournoi et…

– Le tournoi ? Personne ne t'a dit qu'il était reporté ?

Reporté ? Le tournoi était reporté ?

– Je croyais pourtant qu'ils avaient averti tout le monde ! L'équipe de Fontana n'a pas pu venir, leur car est en panne depuis deux jours. La compétition est remise à samedi prochain. Tu n'as pas eu de message sur ton répondeur ?

– Euh non ! Enfin peut-être… Mon père…

Mais Sam s'interrompit net. Le club avait dû appeler à la librairie puisque c'était l'adresse qui figurait sur son inscription. Or, il n'avait aucune envie d'expliquer à Cathie ni à qui que ce soit qu'il habitait provisoirement chez sa grand-mère, que son père n'était plus là pour décrocher le téléphone et qu'il ne risquait donc pas d'écouter le répondeur.

– … a dû oublier… marmonna-t-il en serrant les dents.

Cathie se baissa pour ramasser le skate qui s'était fiché comme une épée dans le grillage du square.

– Il a l'air intact, c'est déjà ça. Vous auriez pu drôlement vous amocher tous les deux.

– LÂCHEZ-MOI, JE VOUS DIS ! hurlait Monk qui ne semblait pas calmé du tout. Ce petit crétin va d'abord me rembourser mon matériel et ensuite…

Les trois passants qui le ceinturaient le contenaient à peine et ses petits yeux verts au milieu de son visage écarlate lançaient des éclairs assassins.

– Tu ferais mieux de disparaître, chuchota Cathie en glissant la planche sous le bras de Sam. Il en a pour un moment avant de retrouver son sang-froid.

– Mais toi, il ne va pas te... ?

– Ne t'inquiète pas pour ça, je sais le prendre. Et puis rien ne dit que les circuits imprimés sont fichus. On allait upgrader les ordinateurs du club. Monk est un as en informatique, tu sais...

Monk, un as en informatique ? Il avait donc un cerveau ?

La jeune fille souriait toujours.

– Dès qu'il sera sur ses machines, il t'aura oublié. Allez, décampe, on se reverra samedi.

Elle lui fit un petit signe et Sam ne demanda pas son reste. Il était temps car Monk explosait à nouveau :

– SAMUEL FAULKNER, ESPÈCE D'AVORTON ! JE VAIS ME PAYER AVEC TES DENTS !

II

La pierre sculptée

La librairie d'Allan Faulkner se situait dans l'un de ces vieux quartiers de Sainte-Mary qui n'avaient cessé de se dégrader depuis trente ou quarante ans. Le choix de cette minuscule maison victorienne à étage, aux colonnes bleues mitées et aux volets défraîchis, coincée entre deux autres maisons plus délabrées encore, était d'autant moins compréhensible que tous les commerçants dignes de ce nom avaient déserté la rue Barnboïm depuis belle lurette. Il ne restait que des petits vieux aussi usés que leurs façades, que l'on voyait partir tôt le matin comme des fantômes, puis revenir vers les 9 heures, le cabas rempli de provisions, se dépêchant de rentrer chez eux pour s'enfermer à double tour.

Dans ce contexte, on ne pouvait pas dire que l'ouverture de la librairie ait déchaîné l'enthousiasme du voisinage : à peine un bonjour ou un bonsoir, quelques réflexions aigrelettes lorsque la voiture d'un client – un téméraire – se garait à cheval sur le trottoir ou lorsque Sam, de retour de l'école, rabotait les bordures avec son skate. Et c'était tout. Seul Max, un vieux bonhomme quasiment sourd qui habitait trois maisons plus haut, daignait leur faire un peu de conversation. Des conversations étranges, d'ailleurs, où il fallait hurler ses phrases à plusieurs reprises pour avoir une chance de se faire comprendre – ce qui limitait singulièrement les échanges.

Pourquoi son père avait-il choisi ce coin oublié de la ville ? Pour se protéger, avançait Grand Ma', et se tenir à l'écart du bruit du monde. Allan avait vendu leur jolie maison de Bel-Air – trop de souvenirs d'Elisa – et il s'était mis en quête d'un endroit où installer sa librairie. Un refuge, en réalité. Mais un refuge pesant lorsque l'on avait treize ans – presque quatorze – , qu'on venait de perdre sa mère et qu'on était surtout branché centre commercial, lumière artificielle et activité frénétique.

Sam grimpa sur le perron en surveillant les alentours. Rien ne bougeait. Il n'était pas sûr que venir ici soit une très bonne idée. Peut-être aurait-il mieux valu avertir Grand Ma' ? Mais après tout, le tournoi était annulé, il avait une grande journée devant lui et c'était son anniversaire. Quel mal y avait-il à faire un saut chez lui ? Car c'était encore chez lui, n'est-ce pas ? Récupérer quelques CD, revoir un peu ses vieilles affaires… « Et s'assurer que Papa n'est pas rentré à l'improviste, ajoutait une petite voix intérieure. Ou bien qu'il n'a pas laissé d'indice concernant son départ. » Grand Pa' était passé deux fois à la librairie cette semaine, mais qui pouvait savoir ?

Il fit tourner la clé dans la serrure. La porte grinça sur ses gonds et l'enseigne *Librairie ancienne Faulkner* trembla au-dessus du chambranle.

– Papa ?

Tout était silencieux. Il traversa le vestibule et la grande pièce où se trouvaient alignés les rayonnages de livres, exactement comme dans une bibliothèque. Il y avait des tables et des chaises pour s'asseoir et consulter les ouvrages, deux canapés aussi avec des halogènes pour lire à l'aise. Une bonne partie de l'argent de la maison de Bel-Air était là, parmi ses vieux papiers jaunis et ses reliures en cuir. Que son père ait pu en amasser autant était d'ailleurs une énigme, de même que sa capacité à attirer quelques clients. Cela dit, il était probable que les grands-parents mettaient de temps à autre la main à la poche...

Il passa ensuite dans la cuisine. Tout était en ordre. Le lave-vaisselle était propre et, au bruit de succion que produisit le joint à l'ouverture, on devinait qu'il était fermé depuis plusieurs jours. Le réfrigérateur était pratiquement vide, mis à part des yaourts périmés, un paquet de saucisses sous plastique – *en* plastique, corrigeait Grand Ma' – et deux boîtes de bière. Pas de festin récent ici. Sam monta alors à l'étage et ne put s'empêcher d'avoir un pincement au cœur en retrouvant sa chambre. Ses posters de Tony Hawk et de Viggo Mortensen au mur, sa collection de petites voitures anciennes – autre chose que les rognures d'ongles ! –, ses dessins et sa guitare, du temps où il essayait maladroitement d'apprendre à en jouer. Mais il n'était pas ici pour s'apitoyer sur son sort. Il fourra deux vieux CD dans son sac, juste histoire de dire, et s'en fut inspecter le bureau de son père. Malheureusement, il n'y avait aucune lettre d'explication sur le sous-main, aucun papier relatif à son départ dans les tiroirs, aucune facture d'agence de voyages dans la corbeille. Quant aux armoires de la chambre, autant qu'on pouvait en juger, elles renfermaient l'essentiel de la garde-robe et les trois grosses valises jaunes de voyage n'avaient pas bougé d'un pouce.

De plus en plus étrange... Son père serait-il parti à l'aventure sans un vêtement de rechange ? Ou bien ne comptait-il s'absenter que quelques heures, une journée au plus ? Car la brosse à dents était là, elle aussi, bien sèche, et le tube de dentifrice et le rasoir électrique... À moins... Malgré lui, l'image terrible d'une carcasse d'automobile pliée en deux dans un ravin s'imposa à son esprit. Il chassa la vision d'un revers de la main : non, il ne pouvait rien arriver de grave à son père. N'était-il pas le prototype de l'original ? Et les originaux s'en tiraient toujours, Grand Pa' l'avait dit. Il y avait forcément une explication.

Sam redescendit l'escalier et s'arrêta devant le guéridon où trônait le téléphone. Juste à côté, le répondeur argenté clignotait : « 20 messages – mémoire saturée ». Sam le mit en marche. Bruit de fond, déclic :

– Monsieur Faulkner ? Je suis passé dans votre librairie la semaine dernière et j'ai vu un exemplaire de *Vingt mille lieues sous les mers* que je souhaitais...

Bip ! Sam sauta au message suivant :

– Je suis bien à la *Librairie ancienne*, rue Barnboïm ? Voilà, je voulais connaître les horaires d'ouverture car je cherche une édition rare de...

Bip ! Message suivant.

– Allan ? C'est Thomas Mourre. Vous avez réussi à dénicher la bible de Plantin que je vous ai commandée ? Parce que je dois...

Bip ! Et ainsi de suite. La plupart étaient des messages de clients ou de curieux, auxquels il fallait ajouter une erreur, une annonce publicitaire – « Hum, monsieur Faulkner ? Si des fois vous aviez en projet de remplacer vos fenêtres ou vos volets, notre société se propose de... », etc. – , une demande de rendez-vous du banquier – pas de bonne humeur, visiblement – et six tentatives de Grand Ma' pour joindre son fils. Tous ces messages avaient plus de huit jours. Celui du club de judo n'y figurait pas, et pour cause : il n'y avait plus de place sur la bande.

Un seul appel, en réalité, se distinguait du lot. Une voix lointaine, métallique, déformée par la distance ou la mauvaise qualité de la ligne :

– Allan ? C'est moi… Je sais que tu es là… Ne fais pas l'idiot, réponds. Allan, tu m'entends ? Allan ? Réponds, nom d'un chien !

Un long blanc, puis :

– OK, je t'aurai prévenu…

Le mystérieux correspondant avait ensuite raccroché. Sam se repassa la bande plusieurs fois : l'appel datait du lendemain de la disparition de son père. Le ton était menaçant, et, ce qui était plus troublant encore, presque familier. Or, Samuel ne voyait pas du tout à qui la voix pouvait appartenir. Y avait-il un lien quelconque avec ce départ imprévu ? Peut-être, si l'on s'en tenait à l'avertissement et au sous-entendu qu'il contenait : « OK, je t'aurai prévenu… » Peut-être pas, si l'on considérait qu'Allan n'avait pu écouter aucun de ces messages. Alors ?

Sam eut une idée : il appuya sur la touche *bis* du téléphone pour recomposer le dernier numéro effectué sur le poste. Son père ne possédait plus de voiture depuis trois ans et il prenait souvent des taxis. Il avait pu en faire venir un pour aller à la gare ou à l'aéroport… Les sociétés de taxis étant obligées de garder des traces de leurs courses – il avait appris cela dans un feuilleton policier –, il serait possible de connaître…

– Allô ? brailla une voix enrouée à l'autre bout du fil.

Si c'était la standardiste de la compagnie, il fallait qu'elle arrête de fumer. Tout de suite.

– Oui, allô, commença Samuel. J'appelle pour avoir un renseignement…

– Comment ? hurla la voix sur un ton ahuri.

– Je voudrais un renseignement, s'il vous plaît. Mon père vous a téléphoné il y a quelques jours et…

– Plus fort, bille en bois !

Bille en bois… C'était Max ! Le voisin sourd comme un pot qui habitait à deux pas !

– Max ? Max, c'est vous ?

– C'est pour quoi ?

– Max, c'est Sam, le fils d'Allan Faulkner, de la *Librairie ancienne*. Mon père a dû vous appeler il y a dix jours…

– La marbrerie quoi ? J'ai besoin de rien, figurez-vous, et surtout pas de marbre ! Maudit démarcheur !

Et la communication coupa.

Samuel resta quelques secondes le combiné à la main, ne sachant plus trop quoi faire. Le mieux serait de rendre directement visite à Max. Son père avait dû l'appeler pour lui porter un trousseau de clés en lui demandant d'arroser le massif de fleurs ou quelque chose de ce genre… Mais peut-être lui avait-il aussi confié où il se rendait ? Un nom, une destination… Même si le vieil ours n'était pas facile à suivre, il n'y avait de toute façon aucune autre piste.

Sam empoigna son sac pour sortir quand il avisa la porte de la cave. Grand Pa' avait assuré avoir vérifié le sous-sol… Sam balança un instant. Allez, il y en avait pour moins d'une minute. Il alluma et descendit les deux volées de marches qui menaient à la réserve. Allan y avait entreposé des piles de bouquins sur des étagères en fer, à quoi s'ajoutaient un stock de cartons vides, du matériel pour entretenir les reliures et une grande tenture sur le mur du fond, sans doute pour protéger de l'humidité et du froid. « Sans doute », supposait Sam, car il n'était venu à la cave qu'à trois ou quatre reprises, et plutôt au début de leur emménagement : c'était le domaine de son père. Aujourd'hui, quoi qu'il en soit, il n'y avait personne.

Il reprit l'escalier puis, arrivé à mi-hauteur, se ravisa. Quelque chose clochait. La réserve n'était pas comme d'habitude. En tout cas, pas comme dans son souvenir. On aurait dit… qu'elle avait rétréci, oui. Cela semblait idiot, mais la seule matière où Sam se distinguait à l'école, c'était le dessin : question volumes, il était plutôt observateur. Il marcha en mesurant ses pas jusqu'au mur du fond : un, deux, trois, quatre, cinq. Le compte n'y était pas, il manquait au moins deux bons mètres pour aller à sept ou huit. Ce qui signifiait…

Il approcha de la tenture, un genre de reproduction de tapisserie moyenâgeuse, avec une licorne et une belle princesse. Il appuya avec le doigt et sentit une résistance : non, le mur était bien là, il avait dû rêver. Il frappa plus fort : le son était étonnamment creux. Son père aurait-il ajouté une cloison à cet endroit ? Avant de la dissimuler derrière la tapisserie ? Mais pour cacher quoi ? Une autre réserve ? Des ouvrages plus précieux encore ?

Il souleva le lourd tissu et se faufila dessous. Il s'agissait bien d'une cloison en effet, un de ces panneaux en placoplâtre qui se montait tout seul. Il passa les mains sur la surface en glissant progressivement vers la droite. Au bout de deux mètres, il sentit des charnières sous ses doigts : une porte. Il la poussa, le cœur battant :

– Papa ?

La nouvelle pièce était vide… Elle était éclairée par une petite veilleuse et meublée très sommairement : un lit de camp, un tabouret, point final. D'un certain côté, Sam était soulagé de ne pas y trouver son père étendu ou inanimé. Ou pire… Mais un milliard de questions se bousculaient aussi dans son cerveau. Il avança près du lit et remarqua un gros livre posé à terre. Il l'inclina vers la lumière : pas de titre, pas d'auteur, juste une couverture rouge, épaisse et craquelée. Il l'ouvrit au hasard. Un livre d'histoire à l'évidence : « Crimes et châtiments sous le règne de Vlad Tepes ». Il parcourut sommairement la double page consacrée à divers supplices, tourments et autres tortures pratiqués par un certain Vlad Tepes au xve siècle quelque part en Valachie – quel nom ! Un ouvrage ancien mais pas trop, une centaine d'années peut-être d'après le type de caractères et d'impression. Son père était un fondu d'histoire, mais de là à s'enfermer dans ce réduit minable pour lire les exploits d'un « Valachien » sanguinaire !

Sam saisit la lampe-torche qui pendait à un crochet et balaya lentement le reste de la pièce. Rien d'autre, excepté une masse grisâtre dans un coin : une grosse pierre de cinquante centimètres de haut, vaguement ovale au sommet. Il s'approcha pour l'examiner. C'était un genre de totem ou de truc vaudou, du style de ceux que l'on voyait dans les films d'horreur et qui annonçaient invariablement une effroyable malédiction pour celui qui la découvrait. Une seule de ses faces était décorée : une espèce de soleil sur la partie haute, avec un cercle au milieu et des rayons qui étaient en réalité autant de fentes – une demi-douzaine en tout. Dans la partie basse, une cavité avait été creusée, de la taille et de la profondeur d'une main environ. Cela pouvait ressembler à un distributeur de cacahuètes du paléolithique, mais sans les cacahuètes. Bref, cela n'avait aucun sens. À moins que son père ne soit tombé brusquement dans une secte ?

Tandis que Sam promenait la lampe autour de la pierre, son œil fut attiré par une rondelle de métal qui brillait à quelques centimètres de là. Il la prit, la tourna et la retourna dans sa paume : une pièce de monnaie sale avec un trou au milieu, un dessin de lignes entrelacées et des signes qui faisaient penser à de l'écriture arabe. Mais de quel pays exactement, mystère… Elle ne paraissait en tout cas ni très ancienne ni très précieuse. Peut-être le soi-disant totem était-il tout simplement un jeu traditionnel provenant d'une contrée lointaine ? On lançait une pièce et elle devait atterrir soit dans la cavité principale – cela comptait moins –, soit dans l'un des rayons du soleil – cela comptait plus. Exaltant, non ?

Mais lorsqu'il essaya de glisser lui-même la pièce dans l'une ou l'autre des fentes, il ne put y parvenir : elle ne restait pas dans l'encoche et dégringolait toujours. À la rigueur, le dernier endroit où elle aurait pu tenir… Sans trop y croire, il plaça la pièce au centre du soleil : elle s'y ajusta parfaitement, comme aimantée par une force invisible.

« Bon, se dit-il, on progresse… »

C'est alors qu'il perçut comme un bourdonnement. Il colla son oreille contre la pierre : elle émettait une sorte de vibration, très régulière et très lointaine… Mieux, il lui semblait qu'elle n'était plus tout à fait froide. Son imagination, sans doute. Pourtant… Oui, quelque chose s'en dégageait. Une chaleur… Une chaleur et une sorte de magnétisme. Il eut même l'impression que le sol autour de lui se mettait à vibrer et qu'il suffirait de poser les doigts sur l'ovale tiède de la pierre pour ressentir son étrange palpitation. Il avança la main…

La dernière chose dont il eut conscience fut une brûlure atroce qui lui remontait le long du bras et lui embrasait le corps.

III

Iona

Sam tomba à genoux, les entrailles à l'envers et le corps secoué de spasmes. Il vomit douloureusement sans pouvoir s'arrêter, tout en considérant avec stupéfaction le sol herbeux entre ses mains. De l'herbe… De l'herbe ?

Lorsqu'il put enfin relever la tête, il manqua défaillir : il n'était plus dans la réserve. Il était… nulle part. Une plage rocailleuse avec de minces bancs de sable et une mer immense au-delà. Lui se trouvait à mi-pente sur une sorte de butte sauvage, parmi des rochers tapissés d'herbe grasse. Qu'est-ce qui lui était arrivé ? Et ses vêtements ? OÙ ÉTAIENT SES VÊTEMENTS ? Son jean, son tee-shirt ? Il n'avait plus sur lui qu'une espèce de chemise de nuit grossière, trempée de sueur, qui lui couvrait les bras et les jambes. Et qui le grattait, au passage. Et ses brûlures ? Il sentait encore la morsure du feu qui l'avait consumé lorsqu'il avait touché la pierre. Une torche humaine, pas moins… Et pourtant, sa peau était miraculeusement intacte, aussi rose que celle d'un bébé. Comme si tout cela n'avait été qu'un rêve.

Il se redressa en chancelant. La pierre… Il devait y avoir un rapport. Elle était là, à deux ou trois mètres. Sauf qu'elle n'était plus exactement la même. Un peu plus haute, un peu plus noire. Les mêmes motifs, cependant : un soleil, avec des rayons comme des fentes et une cavité sombre dans la partie basse. Samuel fut pris soudain d'un espoir démesuré : il suffirait de replacer la pièce au centre du dessin et tout reviendrait à la normale. Il s'agissait d'un cauchemar, bien sûr, et dans ce cauchemar, il devait remettre la pièce magique au bon endroit… Il fouilla méticuleusement l'herbe autour de lui puis gratta furieusement le sol : aucune trace de la pièce. Il chercha plus loin, souleva des galets, creusa avec ses mains sous les rochers : rien. Il tenta diverses formes de cailloux mais aucune ne s'adaptait au diamètre du soleil. Il jura, insulta la pierre et, pour finir, éclata en sanglots. Ce n'était pas un rêve… Ce n'était pas un rêve !

Il lui fallut de longues minutes pour reprendre un semblant de calme. Quoi qu'il lui soit réellement arrivé, se raisonna-t-il, pleurer ne l'aiderait pas à y faire face. Il était vivant, après tout, non ? Et il commençait à avoir froid.

Il se mit debout, s'épousseta et entreprit d'escalader le talus pour élargir son point de vue. Il était en réalité sur une île assez vaste. Une île vert et gris, pelée à souhait et balayée par le vent. Derrière lui, le rouleau infini des vagues et, au-dessus, un ciel chargé de nuages où perçaient ici et là des colonnes de lumière dorée. Et là-bas… Des maisons, oui, ça ressemblait à des maisons. Une fumée… Il y avait même des gens ! De minuscules points noirs en mouvement, il les apercevait !

– Hé ho ! hurla-t-il. Hé ho !

Mais la distance était trop grande et le vent contraire.

Sam commença à courir, sans se soucier de ses pieds nus qui s'enfonçaient dans la terre meuble de la lande. Il y avait un village, l'île était habitée! On allait tout lui expliquer! Peut-être avait-il eu un malaise dans la cave? Il avait fallu le transporter en urgence par hélicoptère – voilà pourquoi il avait cette chemise de malade! – , un accident était survenu et... Heureusement, il s'en était sorti et ces gens allaient l'accueillir. Il pourrait se sécher et téléphoner à Grand Ma' pour la rassurer... Elle devait être morte d'angoisse!

À bout de souffle après dix minutes de course, Sam s'obligea à ralentir. Le village n'était plus qu'à quelques centaines de mètres. Pas vraiment un village, d'ailleurs, plutôt un campement de cabanes entouré d'une palissade, avec une maison en pierre au milieu. Un camp de vacances? Une communauté de hippies effectuant son retour à la nature?

Il s'arrêta tout à fait. D'ici, il distinguait mieux les habitants. Du moins un groupe d'entre eux, réunis près de ce qui devait être un enclos à moutons. Ils paraissaient le montrer du doigt en discutant. Rien que des hommes, habillés bizarrement, eux aussi. Tous en robe brune assez longue avec une drôle de ceinture en corde. Sam se frappa le front. Des moines, bien sûr! Une île avec des moines! Quand son père apprendrait ça!

Il reprit sa progression, mais avec une certaine prudence. Il n'avait pas le souvenir d'un établissement religieux de ce type dans la région. Son malaise dans la cave avait dû être pris très au sérieux pour qu'on l'expédie aussi loin de chez lui! Sans doute même était-il resté inconscient plusieurs jours. Pourtant, à part les vomissements, il ne se sentait pas si mal...

Le groupe d'hommes avançait vers lui, à présent. En désordre et avec de grands gestes. Certains brandissaient des bâtons ou des épées. L'estomac de Sam se contracta à nouveau. Il avait vu un reportage un jour sur des clubs de fanatiques du Moyen Âge qui se rassemblaient le week-end pour vivre comme à l'époque des croisades. Des dingos, d'après lui… Mais il n'avait pas le choix, de toute façon : il n'y avait personne d'autre sur l'île. Leurs voix lui parvenaient, des bribes de phrases incertaines, emportées par les rafales de vent tourbillonnant :

– *Dia dite…*

– *Go rév… mé agot…*

On aurait cru le parler elfique du *Seigneur des anneaux*. Histoire de faire « couleur locale », certainement.

– *Bhi ag Colum-Chill ! Acht bhi…*

Sam se racla la gorge et éleva timidement la main en guise de salut :

– Hé ho !

Ils n'étaient plus qu'à une vingtaine de mètres.

– … *uaignigh nah-Alban ?*

C'est alors que se produisit quelque chose de plus étrange encore que tout le reste : sans qu'il eût le moindre effort à fournir, *Sam se mit à comprendre ce que ces hommes se racontaient* ! L'instant d'avant, c'était une langue inconnue aux accents gutturaux, et l'instant d'après… c'était comme s'il l'avait pratiquée depuis sa naissance !

– Je vous l'avais bien dit ! s'exclamait un barbu à moitié bossu. Il est apparu comme ça, d'un seul coup, dans la crique de Colum-Chill !

– C'est un de leurs espions, éructa un autre au regard accusateur. Il vient en éclaireur, il vient pour nous voler !

– Il suffit ! les interrompit celui qui marchait devant et qui devait être le chef. Écoutons d'abord ce qu'il a à nous dire. Dans son infinie miséricorde, Dieu nous envoie peut-être son dernier messager… D'où viens-tu, petit ?

– Il a dû s'échouer, intervint un grand maigre avant même que Sam ait pu réagir. En cette saison, il y a des barques de pêcheurs qui sillonnent la mer et…

– Tu vas te taire, l'Étiré ? le coupa le chef. Il a l'air assez dégourdi pour s'expliquer seul, non ?

Samuel s'efforça de maîtriser le tremblement qu'il sentait monter dans ses jambes. Il se demandait bien quel genre de son inattendu allait pouvoir sortir de sa bouche. Quant aux raisons de sa présence sur l'île, vu la manière singulière dont ces gens se comportaient, mieux valait rester dans le flou.

– Je… je me suis échoué, affirma-t-il dans un souffle – un souffle aux consonances elfiques. Mon… mon bateau a chaviré.

– Vous voyez ! approuva l'Étiré.

– Mensonge ! cria le bossu. Il est apparu d'un seul coup !

– Allons, frère Égrin, reconnais que tu n'as plus tout à fait les yeux de ta jeunesse ! objecta le chef. Et s'il s'agit de la crique de Colum-Chill, c'est peut-être un signe… Notre maître vénéré n'a-t-il pas toujours veillé sur nous, mes frères ?

– Oui, père abbé, approuvèrent les autres en chœur.

– Malgré ces temps farouches où nous sommes, rien de mauvais ne saurait venir de la crique de Colum-Chill, n'est-ce pas ? Jamais le Seigneur n'autoriserait nos ennemis à souiller un lieu si sacré… Nous pouvons donc supposer, jusqu'à preuve du contraire, que ce garçon a bel et bien naufragé sur notre île. Qui sait d'ailleurs ce que nous vaudra sa venue ? Les voies de Dieu sont pleines de tours et de détours, mais elles mènent toujours sur des chemins de sagesse.

Puis, se tournant vers Samuel :

– Quel est ton nom, mon garçon ?

– Sam, lâcha celui-ci après une hésitation.

– *Saum*, répéta l'abbé avec un « aum » sonore… Et tu as été baptisé, Saum ?

– Oui, fit Sam en hochant la tête – il prononçait le oui : « *Tà* », mais c'est à peine s'il s'en rendait compte.

– Tu connais ton signe de croix, alors ?

Tous l'observaient avec un œil inquisiteur et Sam estima que le mieux serait d'en faire la démonstration : il passa ses trois doigts successivement sur son front, sa poitrine et ses épaules. Des murmures ponctués de « Amen ! » saluèrent son geste et les épées et les bâtons s'abaissèrent comme par enchantement.

L'abbé lui sourit.

– Parfait, Saum, tu es un bon chrétien à ce que je vois, et pas l'un de ces sauvages du Démon ! Tu te trouvais donc sur une barque de pêcheur, c'est bien ça ?

Sam acquiesça : qu'aurait-il pu dire d'autre ?

– Eh bien, Saum, pour les jours à venir et à moins que je n'en décide autrement, tu te joindras à notre communauté. Tu dormiras dans l'étable où le frère économe te donnera une mesure de paille. Tu auras interdiction formelle d'entrer dans le dortoir et le cellier et, pour ce qui est de l'église ou du scriptorium, tu ne pourras t'y rendre qu'accompagné de l'un d'entre nous. Tiens, le frère Ranald, par exemple. Puisqu'il s'est montré si empressé à te défendre, il t'aura aussi à sa charge ! Avec les devoirs et les restrictions qui s'y attachent, bien entendu.

Il y avait une sorte de mise en garde dans ces paroles que le frère Ranald – celui qu'on surnommait l'Étiré – parut saisir, car il s'inclina avec déférence.

– Malheureusement pour toi, poursuivit l'abbé, notre île d'Iona t'accueille à ses heures les plus sombres. Peut-être aurait-il mieux valu que tu périsses avec ta barque. Les Étrangers Blancs sont en route, à présent. Ils ont pillé d'autres monastères et d'autres cités à deux jours de voile d'ici. Or nous sommes de loin les plus riches et ils ne l'ignorent pas. Je crains désormais que ton destin ne soit lié au nôtre, Saum.

Il lui donna une tape sur la nuque qui se voulait paternelle, mais qui manqua le renverser.

– Dieu nous met à l'épreuve, mon garçon ! Il faudra peut-être se battre... Mais allons, pour ce soir, l'horizon est dégagé, nous pourrons dormir tranquillles.

Il lui tourna le dos pour reprendre le chemin du village, mais Samuel bouillait d'en savoir davantage :

– Excusez-moi, père abbé, est-ce que vous pourriez me...

Le supérieur fit volte-face, les sourcils méchamment froncés.

– La première règle que tu dois apprendre, Saum le pêcheur, tonna-t-il, c'est le silence. Personne ne parle ici que je ne l'aie interrogé ou qu'il n'ait expressément à le faire pour son service. Et surtout pas dans l'enceinte de l'abbaye... Tu t'en souviendras ? Frère Ranald, veillez à l'avenir à ce que votre protégé respecte la loi commune.

Le frère Ranald se précipita sur Samuel et, du regard, lui enjoignit de baisser les yeux avec humilité.

Sam dut se rendre très vite à l'évidence : ce n'était pas un simple week-end de fanatiques en costumes. Ces gens-là ne jouaient pas, non, ils étaient de vrais moines. Mais des moines arriérés, qui devaient débarquer au moins de la planète Gadoue pour accepter de vivre dans ces conditions ! Leur abbaye était en vérité un assemblage de baraques de planches posées au milieu d'une montagne de boue. Seule l'église en pierre, au centre, avec son clocher biscornu, rappelait vaguement la civilisation. Pour le reste...

Samuel fut d'abord conduit à l'étable où l'économe lui

prépara sa couche – c'était le nom – en jetant au pied de l'unique vache une brassée de paille. Il lui fournit aussi une robe mitée avec une capuche et une couverture en laine épaisse. Il lui ordonna de rester là en attendant le repas du soir et, à ses façons dégoûtées, Sam devina qu'il était de ceux qui, comme Égrin le bossu, n'avaient guère digéré l'irruption soudaine du garçon-surgi-de-nulle-part. Et ils n'avaient pas tort, en un sens…

La seule fenêtre de l'étable était obstruée par un volet, mais Sam profita des interstices du bois pour observer le va-et-vient des frères dans le soir qui descendait. Il compta une quinzaine ou une vingtaine de moines d'âge variable, plutôt de petite taille, sauf l'abbé et l'Étiré. Chacun semblait connaître par cœur son rôle et n'éprouvait apparemment aucun besoin de parler. Les uns transportaient des baquets et de gros sacs, les autres consolidaient la palissade en plantant de nouveaux piquets; d'autres encore entraient et sortaient de l'église, dont quelques-uns qui travaillaient dans une vaste maison, la mieux éclairée de toutes, située au pied du clocher. Tout cela dans le plus grand silence, hormis le délicieux « voutch ! voutch ! » des sandales qui pataugeaient dans la boue.

Samuel, à vrai dire, ne savait plus que penser. Il avait bien entendu parler d'une Iona quelque part en Nouvelle-Écosse, mais ce n'était pas franchement la porte à côté ! Et quoi qui ait pu causer sa venue sur l'île, cela n'éclairait pas le mystère de cette abbaye insensée ni les propos obscurs qu'avait tenus l'abbé : qui étaient ces Étrangers Blancs ? Quels dangers tous ces moines semblaient-ils redouter si fort ? *Et surtout, comment Sam parvenait-il à comprendre leur langage bizarre ?*

La porte de l'étable s'ouvrit d'un seul coup.

– Saum ? chuchota la voix de l'Étiré. C'est l'heure du souper, dépêche-toi. Et pas un mot, surtout !

Sam s'exécuta et le suivit dans la quasi-obscurité jusqu'à un bâtiment allongé attenant aux cuisines : le réfectoire. Lorsqu'il entra, tous les hommes se tournèrent vers lui. Ils étaient plus nombreux qu'il ne se l'était figuré, une trentaine au moins, répartis sur deux longues tables. L'abbé était assis au fond, seul, tandis qu'un moine debout s'apprêtait à ouvrir un énorme livre sur un pupitre. Aucun des frères n'ouvrit la bouche, mais ils raclèrent leur écuelle d'une manière si particulière qu'on aurait pu croire à un code. Égrin le bossu, qui était l'un des premiers installés sur la droite, lui lança un regard venimeux. Frère Ranald entraîna Sam vers le banc de gauche et, dès qu'ils eurent pris place, le moine de service commença sa lecture. Samuel supposa qu'il devait s'agir d'un texte en latin mais, contrairement à « l'Elfique d'Iona », il ne parvenait pas à en saisir le moindre mot. Le traducteur simultané qui lui avait poussé dans la tête ne pouvait être réglé sur deux langues à la fois...

Le frère cuisinier apparut alors avec une lourde marmite. Il fit le tour des bols et les remplit l'un après l'autre d'une soupe odorante pleine d'herbes noirâtres – on aurait cru des cheveux. D'habitude, Samuel ne prenait jamais de potage à la maison, question de principe. Mais d'une part il était affamé et d'autre part il se sentait épié par une trentaine de paires d'yeux. Il plongea donc bravement son espèce de cuillère dans le liquide fumant, en retira une bonne touffe de salade entortillée et avala le tout. Mal lui en prit... D'abord, il s'ébouillanta le palais – au deuxième degré au moins –, ensuite, le goût était incroyablement amer, comme un concentré des pires choux qu'il ait jamais mangés. Et impossible de recracher, naturellement. Il serra donc très fort les dents, sentit les larmes qui lui montaient aux yeux, et finit par absorber le tout en se bouchant le nez – brûlure de l'œsophage au troisième degré. Il voulut se rafraîchir aussitôt grâce à la timbale posée devant lui, mais sans plus de succès : le breuvage qu'elle contenait était immonde, un alcool au goût de bouse qui lui arracha un hoquet. L'Étiré lui balança un coup de pied discret sous la table et Sam résolut de ne plus toucher à la soupe. Par la suite, il grignota juste un morceau de lard – un petit coin de viande qu'il avait réussi à sauver au milieu d'une horrible tranche de gras – et une part d'un fromage aussi dur qu'un caillou. Si le « dessert », une sorte de pâte épaisse et chaude légèrement sucrée, se présentait mieux, il lui tomba sur l'estomac comme un bloc de ciment, l'obligeant à finir cul sec le contenu de sa timbale. Lui qui se plaignait chez Grand Ma' lorsqu'il n'y avait pas assez de mayonnaise avec les frites !

Une fois l'épreuve du repas surmontée, frère Ranald le reconduisit jusqu'à l'étable à la lueur vacillante d'une bougie. Le ciel était noir et étoilé, et le même vent capricieux soufflait par bourrasques.

– Désolé, Saum, murmura l'Étiré, je ne peux pas te laisser la lumière, l'abbé ne veut pas. Des fois que tu mettes le feu…

Il lui ouvrit la porte et s'effaça pour le laisser entrer.

– Je t'ai quand même pris ça…

Il sortit de sous sa robe un quart de miche de gros pain qu'il lui fourra entre les mains.

– Il y a aussi un seau au-dessus de la mangeoire, si tu sais traire une vache…

Ranald n'en dit pas plus et referma prestement le loquet derrière lui. Sam entendit l'énorme clé grincer dans la serrure. Il était seul, à nouveau. Ou presque : la vache se rappela à son bon souvenir d'un beuglement tonitruant. En s'approchant à tâtons dans le noir, Samuel constata d'ailleurs qu'elle s'était couchée sur la paille de son lit. La nuit s'annonçait bien !

IV

Le trésor de Colum-Chill

Samuel aurait aimé se réveiller dans sa chambre, sous sa couette, avec la radio qui grésillait : « Il est 7 heures les p'tits gars, faudrait songer à se remuer ! Et pour vous secouer un max les oreilles sur HitFM, tout de suite, la dernière bombe de Linkin Park... » Au lieu de cela, il n'eut droit qu'à un violent coup de queue et à un meuglement déchirant. Inconcevable, le bruit que pouvait faire une vache en dormant ! Et que je mastique, et que je rumine, et que je souffle... Quand ce n'était pas pire... Sans parler des cinglés de l'abbaye qui avaient passé leur temps à se promener dans l'église, à chanter à tue-tête – ils n'étaient silencieux que le jour ! –, voire à sonner les cloches à des heures impossibles. Bref, il n'avait pas fermé l'œil de la nuit.

Quant à la matinée... Enfermé avec sa bruyante – et malodorante – amie, Sam n'avait eu rien de mieux à faire que de suivre le ballet des moines depuis sa fenêtre. L'activité du jour était l'entraînement à l'épée, quelque chose entre *La Guerre des étoiles* pour les costumes et *Vidéo gag* pour le résultat. À un moment, il se demanda même s'il n'assistait pas au tournage d'une émission de télé-réalité : « Ils sont trente, ils sont seuls sur une île abandonnée et ils ont fait le pari de vivre comme les moines de l'an 1000 ! Regardez-les manger des herbes, se battre dans la boue et chanter après minuit ! Chaque samedi, c'est *vous* qui voterez pour choisir le nouvel abbé ! » Etc.

Sauf qu'il n'y avait pas de caméra.

Vers midi – son estomac criait famine – l'Étiré se montra enfin. Il tenait enroulé autour de sa main un fil avec des sortes de crochets.

– Saum, chuchota-t-il, on part à la pêche !

– À la…

Aïe ! Les moines l'avaient pris au mot ! Ils comptaient sur lui pour ramener du poisson ! Ils n'allaient pas être déçus…

– Vite !

Sam obéit et emboîta en silence le pas de frère Ranald. Ils sortirent par l'arrière du campement pour éviter le gros des frères en armes et, une fois à l'abri des oreilles indiscrètes, l'Étiré lui tendit un morceau de pain avec une part de fromage qu'il tira de sa manche.

– Tiens, mange. Tu n'as sans doute pas l'habitude de faire un seul repas par jour.

Sam se jeta avidement sur la miche dorée et moins avidement sur le morceau de fromage pâle et dur comme un bout d'os.

– Ne le mâche pas, conseilla l'Étiré, laisse-le fondre sur la langue.

Ils s'éloignaient résolument de l'abbaye et, tandis qu'ils longeaient des prés d'un vert intense et des murets de pierre, Sam osa enfin poser sa question :

– Où allons-nous ?

– Tu n'es pas fils de pêcheur, n'est-ce pas ? fit Ranald en guise de réponse.

– Eh bien, je…

– Inutile de mentir… Je te prêterai cette ligne d'hameçons, ajouta-t-il en brandissant le fil, tu serais bien incapable de t'en servir. Tu as les dents trop blanches et les mains trop fines pour un simple pêcheur.

Sam cherchait à toute vitesse une histoire plausible à lui opposer, mais il n'en trouva pas.

– Je ne pense pas que l'abbé t'ait cru, d'ailleurs. Sans doute même préfère-t-il ne pas savoir…

Samuel ne comprenait rien, sinon qu'il était sur le point d'être découvert.

– Frère Égrin n'a pas non plus la vue si basse, n'est-ce pas, Saum ? Tu as bien surgi par la crique de Colum-Chill ? Est-ce que tu sais seulement qui était Colum-Chill ?

Sam fit non de la tête.

– Colum-Chill était un saint. C'est lui qui a fondé notre abbaye, il y a plus de deux cents ans. Il venait d'Irlande. Il a choisi Iona comme point de départ pour porter la parole du Christ en Calédonie. À l'époque, les Pictes et les Angles étaient loin d'être chrétiens.

Parmi cette rafale de noms, Sam n'en reconnut qu'un seul : l'Irlande. Et l'Irlande, autant qu'il s'en souvenait, c'était à l'ouest de l'Europe, à des milliers de kilomètres. Comment avait-il atterri là-bas ?

– Il a fait plus d'un miracle, aussi. Combattu des guerriers et des monstres, parlé aux anges et à Dieu. Aujourd'hui, les moines viennent de très loin pour honorer sa mémoire et s'instruire à son école.

Il y avait donc une école à Iona ?

– Moi-même, poursuivit-il, je suis originaire de Dublin. Je devais passer trois ans à l'abbaye à me perfectionner sur les livres, mais…

Son regard se perdit loin au-dessus de l'océan.

– Ils ne tarderont pas, soupira-t-il en fixant l'horizon.

– Qui sont-ils ?

– Les Étrangers Blancs ? On ne sait pas vraiment où ils habitent. Très loin au nord, en tout cas. Depuis quelques mois, ils sillonnent les côtes de la région avec leurs grands bateaux. En quête de pillages et de rapines. Et ils ont entendu parler du trésor de Colum-Chill…

– Un trésor ?

– Un trésor, oui. Le plus somptueux et le plus riche du pays. Je te le montrerai si tu veux. Tu vois la crique là-bas ?

Il désignait à quatre ou cinq cents mètres à gauche la petite baie où Sam s'était réveillé.

– C'est par là que Colum-Chill est arrivé sur l'île. Et tu vois ce monticule, à droite ? C'est celui où nous allons cacher le trésor. Suis-moi, je vais t'expliquer.

Ils se mirent à escalader des blocs de rochers qui formaient une colline face à l'océan. Derrière l'une des plus grosses pierres, il y avait une fissure de la largeur d'un homme qui ouvrait sur une espèce de grotte. Elle était éclairée par un mince puits de lumière au plafond et avait quelque chose du ventre d'un animal préhistorique, très tourmenté et très sombre. Deux poutres fines calées en travers semblaient soutenir une partie de la voûte et une hache était appuyée contre le bois.

– Les Étrangers Blancs ne font pas de quartier, expliqua Ranald. Ceux qu'ils ne tuent pas, ils les réduisent en esclavage.

On dit même qu'ils vendent leurs captifs et leur butin aux adorateurs de Mahomet... Mais le trésor de Colum-Chill, ils ne l'auront pas.

Sam avait beau écarquiller les yeux, il ne voyait nulle trace de trésor.

– Et ce trésor, où est-il ?

– Cet après-midi, la communauté transportera les plus belles pièces ici. Il est d'ailleurs plus que temps, si tu veux mon avis.

– Mais comment pouvez-vous être sûr que ces Étrangers Blancs ne trouveront pas votre cachette ?

– Parce que je les en empêcherai, assura Ranald, une nuance de défi dans la voix. Dès que leurs voiles pointeront au sud, je rejoindrai la grotte. Je fendrai ces poutres que tu vois là et l'entrée s'effondrera d'un coup. Ils pourront fouiller l'île de fond en comble, crois-moi, ils ne mettront jamais la main sur le trésor.

– Mais vous, rétorqua Sam, comment ferez-vous ensuite pour vous échapper ?

Ranald montra la cheminée naturelle au-dessus d'eux.

– Si le Seigneur le permet, je prendrai la voie des airs. C'est aussi pour cela que l'abbé m'a proposé : je suis le plus souple et le plus élancé.

« L'Étiré », songea Sam.

– Et si des fois vous n'arrivez pas à sortir ?

– Alors je mourrai... Comme mes frères mourront sans doute en combattant ces maudits païens. Mais au moins le trésor de Colum-Chill aura été épargné.

Il dévisagea Sam en souriant.

– Ne fais pas cette tête, garçon ! Ta venue soudaine nous a redonné espoir. Du moins, à quelques-uns d'entre nous. À la veille d'affronter nos ennemis, ton apparition sur l'île ne peut être le fruit du hasard : Colum-Chill a dû guider tes pas...

Le ton de frère Ranald était presque respectueux et Sam devina que, dans leur détresse, certains moines lui accordaient une importance qu'il n'avait pas. Cela dit, s'il y gagnait un peu d'indulgence, c'était déjà ça !

De retour à l'abbaye et après avoir déposé leurs poissons en cuisine – l'Étiré maniait l'hameçon comme personne – , Ranald lui fit signe de le suivre jusqu'à la maison au pied de l'église.

– Maintenant, lui glissa-t-il en ouvrant la porte du scriptorium, tu vas pouvoir admirer le trésor de Colum-Chill !

Sam en resta bouche bée. Si son père avait été là ! Lui qui tombait en pâmoison dès qu'un livre était un peu usé... Ces moines devaient être les derniers à travailler de la sorte ! Certains étaient assis sur de petits tabourets, un livre ouvert posé devant eux, qu'ils recopiaient sur de grands rouleaux. Le tout à la main et inconfortablement penchés sur leurs propres genoux ! D'autres s'occupaient des parchemins, les pliaient et les attachaient pour en faire des cahiers qui, une fois assemblés, formaient des ouvrages. Les troisièmes étaient debout face à un pupitre et décoraient d'un pinceau sûr des pages entières de texte avec des dessins pleins de couleurs. Du plafond descendait une multitude de lampes à huile suspendues à des chaînes qui répandaient dans la pièce une lumière très douce. Sur les côtés, des bibliothèques rudimentaires accueillaient des dizaines d'exemplaires achevés ou destinés à être reproduits. Quelques-uns avaient des couvertures en métal argenté et visiblement gravé.

Sous l'œil sourcilleux d'Égrin le bossu, Ranald mena Sam jusqu'à une table inclinée tout à fait au fond. Elle portait un livre comme Sam n'en avait jamais vu. Sa reliure en or massif était sculptée et représentait un personnage sacré, deux doigts levés, entouré d'anges et d'animaux fantastiques. Surtout, elle était incrustée de dizaines de pierres précieuses, bleues, rouges, vertes, certaines grosses comme le pouce... Le trésor de Colum-Chill !

– C'est notre plus belle copie des Évangiles, chuchota l'Étiré.

– Frère Ranald, gronda le bossu. La règle !

Ranald ne sembla prêter aucune attention à la remarque d'Égrin et celui-ci sortit en marmonnant. Sous les yeux émerveillés de Sam, l'Étiré fit jouer les puissants fermoirs et ouvrit le livre. Les pages étaient recouvertes d'une belle écriture à l'ancienne, ornée d'une profusion de couleurs, de figures humaines ou géométriques, très finement peintes. Sam n'y connaissait rien, mais même s'il ne s'agissait là que d'une copie, un ouvrage comme celui-ci devait valoir une fortune !

Il ne contemplait pas le livre depuis trois minutes que la porte battit derrière eux. L'abbé fit son entrée, flanqué du bossu.

– Frère Ranald... commença l'abbé. Quelles que soient les circonstances, ce garçon ne doit pas troubler la paix de notre scriptorium. À aucun prix ! Ramenez-le à l'étable et bouclez-le jusqu'au repas du soir.

– Mais, père abbé, vous aviez dit vous-même que... tenta de se justifier Ranald.

– Contentez-vous d'obéir, Ranald, ou vous ferez tous les deux pénitence... D'ailleurs, l'après-midi avance, il est temps de mettre nos volumes à l'abri. Que l'on sonne la cloche et que chacun rejoigne le scriptorium. Quant à toi, mon garçon, ajouta-t-il à l'adresse de Sam, tu m'as bien entendu : je ne veux plus te revoir d'ici l'heure du réfectoire.

Un peu en retrait de l'abbé, Égrin le bossu se frottait les mains, une lueur triomphale dans le regard.

Sam se réveilla en sursaut, le visage baigné de sueur. Son estomac était tout dur et rendait des bruits abominables. L'infâme brouet au chou du cuisinier n'arrivait pas à passer… Il jeta un œil du côté du volet : le jour se levait à peine.

C'est alors qu'il réalisa que ces grognements ne montaient pas de son ventre.

Il se leva d'un bond et se précipita à la fenêtre. Il y avait des cris et des clameurs, le choc sourd des armes. Pris de panique, il mit un certain temps à venir à bout du volet. Dehors, c'était la bataille générale… Les Étrangers Blancs avaient débarqué ! Une poignée d'entre eux au moins, grands et forts, la tête protégée par des casques à visière. Les moines se défendaient tant bien que mal, certains se barricadant dans l'église ou se livrant à un corps à corps désespéré.

La porte de l'étable s'ouvrit à la volée et la vache beugla de terreur.

– Saum ! Saum !

C'était l'Étiré, une épée à la main. Il referma à clé derrière lui et s'approcha en soufflant.

– Ils nous ont surpris… À l'aube… Nous n'étions pas prêts ! Quelqu'un a allumé un feu pour les orienter ! L'abbaye est envahie !

Boum ! Il y eut un coup violent contre la porte.

– Il faut que tu sauves le trésor, Saum, ou ces barbares le prendront !

– Moi ? Mais vous deviez aller à la grotte ! balbutia Sam. Je ne pourrai jamais…

Boum ! Deuxième coup contre la porte.

– Écoute, Saum, il nous reste peu de temps.

Il releva sa robe à mi-mollet pour montrer sa cheville qui saignait.

– J'ai été blessé au pied, je ne serai pas assez rapide. Tu es agile, toi, tu as une chance de te faufiler.

Boum ! Les planches en bois commençaient à craquer et la vache meugla de plus belle.

– En plus, ajouta Ranald en le prenant par le bras, tu y seras plus en sécurité. Mets-toi vite contre le mur, maintenant, et dès que la porte cédera…

Il ne put finir sa phrase car l'huisserie vola en éclats. Une masse argentée déboula dans la pièce en hurlant.

– Va, Saum ! ordonna frère Ranald en frappant l'intrus du tranchant de l'épée.

Les jambes flageolantes, Sam se jeta dans la demi-obscurité tandis que retentissaient partout des claquements métalliques. Il se cacha derrière un tonneau puis longea la palissade en s'accroupissant. Une fois parvenu à l'arrière du monastère, il souleva la barrière qui donnait sur les champs et se mit à courir à toute vitesse.

– Va, Saum ! Va sauver le trésor de Colum-Chill ! croyait-il entendre.

Lorsqu'il atteignit le premier muret de pierre, il se jeta à terre. Il ne faisait pas encore très clair, personne ne pourrait le voir… Mais, en se retournant, il aperçut un moine à l'entrée de l'abbaye, un moine qui ne se battait pas et qui semblait au contraire en grande discussion avec l'ennemi. Égrin… Égrin le bossu qui avait trahi ses frères ! Égrin qui avait allumé un feu pour guider les pillards ! Égrin qui pointait aussi le doigt dans sa direction…

Sam reprit sa course en baissant la tête. Avec un peu de chance, les Étrangers Blancs ne l'avaient pas repéré. Qui pouvaient être ces envahisseurs, au fait ? À quel siècle vivait Iona ?

En contournant l'éperon rocheux qui lui bouchait la vue, Sam eut brusquement sa réponse : deux grands bateaux à la proue en forme de dragon avaient accosté à l'ouest. Leur profil effilé et leurs voiles rectangulaires rouge sang ne laissaient guère de doute : des drakkars ! Des drakkars comme dans les livres d'histoire ! Les Étrangers Blancs étaient des Vikings !

Sous le coup de la révélation, Sam perdit l'équilibre et s'étala dans l'herbe fraîche. Tout ce qu'il se refusait à admettre jusqu'à présent s'imposait à lui comme une évidence. L'abbaye, le scriptorium, les moines, les Vikings… Il avait changé d'époque ! IL AVAIT CHANGÉ D'ÉPOQUE !

Il jeta un bref coup d'œil en arrière. L'un des guerriers s'était lancé à ses trousses tandis que les autres pénétraient à leur tour dans le monastère. En lieu et place d'Égrin ne subsistait qu'une silhouette vaguement humaine, recroquevillée sur le sol : les envahisseurs avaient dû régler son compte à leur complice.

Sam se remit à courir. Il avait une confortable avance mais des jambes deux fois plus courtes que son poursuivant. Un soleil orangé léchait maintenant l'océan gris, donnant à la côte une teinte irréelle. Le rivage qu'il était censé atteindre lui semblait à l'autre bout du monde… Sans ralentir – il pensait aux conseils de Daffy Duck, son professeur de sport, surnommé ainsi à cause de sa voix de canard : « Inspirez en deux fois, soufflez à fond, ne cassez jamais le rythme ! » –, il remonta le sentier qu'il avait emprunté la veille avec l'Étiré. Comme elle paraissait loin, cette partie de pêche !

Enfin, il arriva en vue de la colline qui surplombait la mer. Le Viking était toujours à quatre ou cinq cents bons mètres derrière. Soit il était sûr de rattraper sa proie, soit il n'était pas doué pour la course. Il avait un casque monstrueux qui le couvrait jusqu'au menton plus une épée et un bouclier d'au moins un mètre cinquante. Mieux valait si possible éviter le tête-à-tête…

Sam grimpa sur les rochers en haletant. Où était l'entrée de la grotte, déjà ? Là-bas, un peu plus haut. Il se glissa dans l'anfractuosité de la roche et manqua trébucher sur l'une des tables basses que les moines avaient disposées pour recevoir les livres. Vite, la hache… Il attrapa le manche et donna maladroitement un coup sur la première et la plus mince des poutres. Et si ça ne fonctionnait pas ? Et si le dispositif était inefficace ? Il redoubla de vigueur : une entaille assez franche apparaissait dans le bois. Encore, encore ! La première poutre céda dans un craquement. L'amas de blocs au-dessus de l'entrée frémit, mais sans plus. Sam se massa les mains : il avait deux énormes ampoules sur les paumes. Tant pis, l'Étranger Blanc devait être tout près. Il s'attaqua à la deuxième poutre qui vibra violemment sous chacun de ses assauts. Et si toute la paroi s'écroulait sur lui sans crier gare ? BRAOUM ! Sam n'eut que le temps de sauter en arrière. La voûte s'effondra brutalement, une tonne de roche au moins qui condamnait l'entrée. Il avait gagné !

Lorsque le nuage de poussière se fut un peu dissipé et qu'il eut retrouvé son souffle, Samuel s'assura qu'il n'avait pas causé trop de dégâts. Seule l'une des tables avait souffert et quelques livres étaient tombés. Machinalement, il en fit une pile – réflexe de fils de libraire. Le plus petit de ces livres était d'un format inhabituel, tout en longueur avec un anneau au bout. Peut-être pour l'accrocher à la ceinture ? À l'intérieur, curieusement, il y avait vingt fois la même page : le dessin d'une île qui pouvait être Iona avec un commentaire. Dommage, il ne lisait toujours pas le latin… Soudain, il s'immobilisa : il y avait du bruit audehors. Un genre de martèlement diffus. Le Viking était sur ses traces, le vacarme n'avait pas pu lui échapper. Peut-être commençait-il déjà à dégager les blocs ?

Sam chercha du regard de quoi se défendre. Ce morceau de poutre, à la rigueur, pourrait lui servir de massue… Rien que des livres sinon, les plus précieux enveloppés dans du cuir – y compris le volume en or qu'il avait feuilleté dans le scriptorium. En inspectant plus à fond l'endroit, il finit par découvrir un coffre niché dans le creux de la paroi. Il l'apporta sous le puits de lumière pour l'ouvrir. Des pièces… Des pièces d'or et d'argent. L'autre trésor du monastère ! En les remuant du doigt, il en remarqua une qui avait un trou au milieu. Elle portait une inscription illisible et avait apparemment le même diamètre que… Oui, que celle qu'il avait utilisée l'autre jour dans la cave de son père ! La fameuse pièce qui s'adaptait si bien sur le soleil et qui était à l'origine de tout ! Comment avait-il pu ne pas y penser plus tôt ? Il était venu sur Iona avec une pièce, il lui fallait une autre pièce pour repartir ! De la bonne taille et trouée au milieu !

Sam fourra le précieux objet dans l'espèce de caleçon que l'économe lui avait fourni. La plage de Colum-Chill était à moins de dix minutes de là. S'il parvenait à atteindre la pierre…

Il évalua la hauteur de la cheminée naturelle dans le plafond de la grotte. Au moins quinze mètres. Il avait fait un peu d'escalade en vacances, cela devrait être à sa portée… Ce qu'il lui fallait, surtout, c'était une sorte de marchepied, car il était trop petit. Il entreprit alors de placer les livres au sec tout au fond de la grotte, puis empila soigneusement les tables les unes sur les autres. Une fois monté sur cette échelle improvisée, il put se hisser sans trop de mal dans la faille de la roche, en assurant ses prises des deux côtés. Il s'éleva ainsi lentement, en tâchant de rester sourd aux vociférations du Viking qui s'escrimait devant l'éboulement de l'entrée. Après trois minutes de cette progression, Sam déboucha au sommet de la colline, à travers une brèche à peine plus large que lui. Il inspira l'air iodé à pleins poumons. Il ne lui restait plus qu'à être discret…

Il se mit à plat ventre et rampa comme un lézard sur le flanc opposé du monticule. Sauf à grimper lui aussi au sommet, le Viking aurait peu de chance de le surprendre. Par précaution, il attendit néanmoins d'être à bonne distance pour se relever. Direction : la crique de Colum-Chill.

En arrivant sur le talus qui dominait la plage – Daffy Duck l'aurait félicité pour son sprint – , Sam se jeta au milieu des rochers. La pierre sculptée était toujours là ! Il allait rentrer à la maison ! Fébrilement, il récupéra la pièce dans son caleçon et, après un ultime regard autour de lui, l'appliqua sur l'empreinte du soleil. La pierre commença à tiédir et assez vite, une chaleur infernale s'empara de son bras. Samuel ouvrit grand la bouche pour crier mais plus personne ne pouvait l'entendre.

V

En première ligne

– Ahhhrrg !

Le cri de Sam s'étrangla dans sa gorge tandis qu'il se vidait l'estomac à quatre pattes sur le sol bourbeux. La pièce d'or des moines ne l'avait pas ramené chez lui !

Il se redressa en prenant garde de ne pas trop salir sa chemise et son caleçon. Il faisait frais et brumeux comme un matin de printemps et il se trouvait au milieu de ce qui avait dû être autrefois un village. Il ne restait de la rue principale que des pans de murs squelettiques, des toitures éventrées, des carcasses de ferraille et autres poutres effondrées. Un village en ruine après un cataclysme... Il chercha la pierre sculptée du regard : elle était au pied d'une ancienne fontaine, à moitié enfouie dans les herbes folles. Et plus de pièce, évidemment.

Où avait-il atterri, cette fois ? Et quand ? Même écroulées, les maisons avaient de vraies portes et de vraies fenêtres, pas du tout le style de l'île d'Iona. Mais pas des bâtiments modernes non plus. Il entra dans l'une des habitations au hasard: tout était sens dessus dessous, les meubles brûlés, des morceaux de chaises éparpillés sur des restes de carrelage envahis par la boue. Il ressortit de la maison, en visita une autre, puis encore une autre. Toutes dévastées... Il fouilla dans un vieux coffre à la recherche de nourriture, mais sans succès. De proche en proche, il arriva ainsi à l'extrémité de la rue. Le paysage alentour n'était pas plus engageant: un plateau morne et fangeux, des collines où les arbres semblaient avoir été hachés par la tempête du siècle. Il préférait encore l'océan Atlantique.

– Par... par ici...

Samuel sursauta. Une voix d'outre-tombe s'élevait de quelque part derrière une grange fendue en deux.

– Quel... quelqu'un?

Sam jugea prudent de ne pas répondre. Il fit le tour par un jardinet qui avait quelque chose de lunaire tant il était retourné et crevassé. La voix provenait d'un fossé encombré de ronces.

– S'il vous plaît...

Un homme gisait au fond. Un soldat. Son uniforme était maculé de terre et il paraissait incapable de bouger. L'une de ses jambes était curieusement repliée sous lui. Il avait perdu beaucoup de sang.

– À boire, s'il vous plaît.

L'homme remuait à peine ses lèvres qui disparaissaient ainsi que tout son visage sous une épaisse couche de crasse. Seuls ses yeux faisaient comme deux grandes taches blanches.

– De l'eau, gémit-il.

L'accent du soldat rappelait confusément quelque chose à Sam. Ses habits et son casque rond aussi.

– Vous êtes blessé?

– Ma gourde... s'il vous plaît.

Sam descendit précautionneusement : il se méfiait d'autant plus des ronces qu'il n'avait somme toute à ses pieds que de vulgaires ancêtres de tongs. Il dégagea la gourde en fer coincée sous des branchages, dévissa le bouchon et porta le goulot à la bouche desséchée du soldat. Celui-ci but longuement avant d'être rassasié.

– Merci, dit-il, la voix plus claire, c'est le bon Dieu qui t'envoie... Je... je ne sais pas ce que tu fabriques dans le coin. Ni dans cette tenue... Mais il faut que tu préviennes les secours pour moi.

Sam hocha la tête pour ne pas l'interrompre car il sentait l'homme au bord de l'épuisement.

– Il faut... Il faut que tu ressortes du village. De l'autre côté. Tu suis la route sans te faire voir. Toujours tout droit. À un kilomètre, il y a le fort de Souville. Mais tu dois le savoir, n'est-ce pas ? Tu leur dis...

Il toussa faiblement.

– Tu leur dis que le caporal Chartrel du... du 239e régiment d'infanterie est blessé. À Fleury, derrière la Grange-aux-Morts. Ils comprendront. Je... je ne sais pas pourquoi les ambulanciers ne m'ont pas récupéré. J'ai dû perdre connaissance.

Il tourna vers Sam un regard suppliant.

– Tu le feras, n'est-ce pas ? Tu ne me laisseras pas là, hein ? Je... je n'en ai plus pour longtemps, tu sais.

Samuel hocha la tête.

– Bien... je... Surtout, suis la route, petit. Et ne monte pas vers les crêtes, c'est bourré d'Allemands là-haut.

Le caporal Chartrel allait ajouter quelque chose mais ses yeux se fermèrent et il râla doucement.

Il n'y avait pas une minute à perdre.

Samuel s'extirpa du fossé et reprit la grande rue en sens

inverse. La guerre… C'était la guerre. Laquelle ? Des Allemands, avait dit le soldat. La Seconde Guerre mondiale, alors ? Mais Sam possédait deux ou trois jeux vidéo assez réalistes sur la période et il ne reconnaissait pas l'uniforme. Non, la Première Guerre mondiale, plutôt. Un jour, en cours d'histoire, on leur avait projeté un film en noir et blanc. Sur les tranchées et tout ça… Oui, ce pouvait être la Première Guerre mondiale. Chartrel… Un caporal français, probablement.

Samuel s'engagea sur la route en se pliant en deux. En un sens, il avait l'habitude… Sauf qu'avec sa chemise et son caleçon blancs, il constituait une cible idéale. Surtout qu'on était en plein champ de bataille, d'où les arbres déchiquetés et les maisons en ruine…

Quoi qu'il en soit, il ne pouvait rester terré dans le village à attendre qu'un bus arrive pour le ramener chez lui ! Et puis, il y avait le blessé…

Sam traversa sans encombre la campagne uniformément grise et désolée. Pas d'Allemands en vue sur les crêtes. Peut-être était-il encore trop tôt… Existait-il des horaires pour la guerre comme il existait des horaires pour le bureau ?

– Hep là ! Qui va là ?

Trois soldats bondirent soudain d'un fourré et lui coupèrent la route en le menaçant de leurs fusils.

– C'est quoi, ça, Marcel ? demanda le plus grand avec une expression ahurie. Je tire ou je tire pas ?

– Tire pas, Jeannot, fit le plus vieux, y faut d'abord qu'on sache de quoi y retourne.

– Saperlotte, on dirait un gosse ! s'exclama le troisième, à la moustache imposante.

– Tu es qui, toi ? interrogea le plus vieux. D'où est-ce que tu sors ?

– Je viens de la part du caporal Chartrel, du 239e régiment d'infanterie, débita Sam d'un trait. Il est là-bas au village de Fleury, derrière la Grange-aux-Morts. Il a été touché à la jambe. Je crois qu'il ne va pas bien…

– Saperlotte, Chartrel ! Il a été porté disparu au combat avant-hier ! Y serait vivant ?

– Et comment tu saurais ça, toi, gamin ? demanda le plus vieux. Ce serait pas une ruse des boches pour nous attirer dans un traquenard ?

– Bon, on fait quoi ? intervint le grand à l'air idiot. Je tire ou je tire pas ?

– Baisse ton arme, Jeannot ! enjoignit le moustachu. C'est qu'un gamin ! Y parle français et y connaît le caporal !

– Peut-être, répliqua Marcel, mais c'est pas à nous de décider. On va avertir le capitaine.

Il eut un mouvement de menton en direction de Sam :

– Passe devant, mon gars, et pas d'entourloupe.

Sam s'exécuta sans un mot – il avait appris sur Iona les vertus du silence – en se demandant tout de même sur quel trio d'élite il était tombé. Apparemment, le grand stupide faisait sa première sortie et il tenait absolument à étrenner son arme.

– Et le corbeau, là-bas, Marcel… Je peux le tirer ?

– Mais, imbécile, tu veux que les Allemands nous repèrent ? T'auras bien l'occasion de faire des étincelles si on t'envoie reprendre Douaumont !

Ils poursuivirent ainsi leur discussion jusqu'au fort de Souville, une grosse butte maçonnée qui dominait la route et la ville en contrebas. Ils pénétrèrent à l'intérieur par un tunnel, en saluant le garde en faction dans sa guérite.

– Quand est-ce que tu viens me remplacer, Jeannot ? lança celui-ci.

– C'est que j'ai pas encore tiré ! répliqua le grand benêt, comme si c'était la chose la plus importante de sa vie.

Ils prirent le tunnel puis une série de couloirs souterrains dont Sam s'efforça de mémoriser la succession. Ils atteignirent ensuite une salle de repos, elle aussi enterrée, où plusieurs soldats fumaient, plaisantaient et jouaient aux cartes. Marcel se précipita vers l'un d'eux qui, droit comme un I, observait l'agitation avec une certaine distance.

– Capitaine ! s'écria Marcel au garde-à-vous. On a capturé un gamin sur la route de Fleury ! Il prétend qu'il a vu le caporal Chartrel vivant !

Le capitaine toisa le nouveau venu avant de lâcher sur un ton glacial :

– Conduisez-le à mon bureau.

L'un des soldats abandonna aussitôt sa partie de cartes et escorta Sam jusqu'à une pièce d'un jaune sale, éclairée par deux ampoules électriques et meublée en tout et pour tout d'une table, de trois chaises et d'un mur d'étagères.

Le capitaine les rejoignit au bout de dix minutes.

– Laissez-nous, Châtaigner. Je vais l'interroger moi-même.

Lorsqu'ils furent seuls, le capitaine invita Sam à s'asseoir et se planta derrière lui, les deux mains sur le dossier de la chaise.

– Je pourrais te faire fusiller tout de suite, attaqua-t-il sans préambule. Tu es dans une zone interdite… Toutes les villes alentour ont été évacuées, même Verdun. Un civil qui pointe son nez par ici est automatiquement suspect d'espionnage.

Il observa l'effet produit sur Sam, mais celui-ci se gardait bien de remuer un cil.

– Je n'ai que très peu de temps à te consacrer, petit. Les Allemands sont de plus en plus dangereux depuis quelques semaines, ils peuvent déclencher l'offensive à tout moment.

Et vu la situation, personne ne viendra me demander si j'ai eu raison ou pas de t'exécuter...

Il tourna autour de Sam pour le regarder en face.

– Pour l'heure, je ne vois que deux hypothèses. Ou bien la patrouille que j'ai envoyée revient saine et sauve avec le caporal Chartrel et je me contenterai de voir en toi un jeune écervelé en fuite. Tu as pu t'évader d'un orphelinat, par exemple, ou d'une maison de correction. Ça expliquerait la chemise de nuit... Tu as pu ensuite te perdre en voulant t'enfuir et errer jusqu'à Fleury. Dans ce cas, je te remettrai demain à la police et tu t'en tireras avec un joli savon. Ou bien... ou bien ma patrouille tombe dans une embuscade. Dans ce cas, je te considérerai comme un traître. Avec les conséquences que tu devines.

– J'ai réellement parlé au caporal... essaya d'argumenter Sam.

Le capitaine le coupa net:

– Je me moque de tes belles paroles, petit, et j'ai mieux à faire qu'à te cuisiner. Châtaigner va t'emmener en cellule et nous verrons bien tout à l'heure. Simplement, lorsqu'il te ramènera ici, tu auras intérêt à me dire la vérité. Sinon...

Le capitaine attrapa Sam par le col et le balança sans ménagement vers la porte.

– Châtaigner, colle-moi ce vaurien au frais. Donne-lui une couverture et de quoi manger. Dès que le détachement sera de retour, que l'officier responsable me fasse son rapport.

Deux heures? Trois heures? Sam avait perdu la notion du temps. Il était emmitouflé dans une couverture d'un marron sinistre et piquait du bout du doigt les dernières miettes de biscuit dans sa gamelle. Sa cellule empestait l'humidité et l'urine, mais au moins, il n'avait pas froid. Il espérait surtout que la patrouille avait pu rentrer au fort sans dommage. Si par malheur elle avait eu un accrochage… Pour autant, il ne croyait guère aux menaces du capitaine. On ne fusillait pas un enfant de quatorze ans, même en période de guerre. Non, il avait juste voulu l'effrayer… Par contre, Sam devait éviter coûte que coûte de finir au poste de police. La pierre sculptée était toute proche d'ici, à un kilomètre à peine. Si on l'expédiait à l'arrière, dans un orphelinat ou ailleurs, il pourrait lui dire adieu. Il fallait donc trouver un moyen de…

Le gros verrou claqua affreusement et le moustachu sympathique qui l'avait arrêté tout à l'heure s'encadra sur le seuil.

– Ça va, gamin ? Dis donc, ça sent pas la rose, ici, hein ? C'est le mitard, que veux-tu, c'est pas un endroit pour toi ! Allez, debout, je t'emmène prendre l'air. Y a quelqu'un qui veut te causer.

Samuel le suivit avec sa couverture. Prendre l'air était une expression, car ils empruntèrent en fait les mêmes couloirs aveugles qu'à l'aller, jusqu'à une double porte en fer, au-delà de la salle de repos. Bien qu'il se soit persuadé du contraire, Sam redoutait un peu de déboucher dans une cour face à un peloton d'exécution.

– Le… le capitaine est là ? demanda-t-il, pas très rassuré.

– Le capitaine ? Ouh la ! Tu le verras bien assez tôt, le capitaine !

L'homme à la moustache imposante actionna la poignée et l'engagea à entrer.

– Je t'attends là, gamin, on n'a pas le droit de fumer à l'intérieur. Et moi, je me roulerais bien une cigarette…

Samuel avança d'un pas, et, à l'odeur, identifia sans mal les lieux : une infirmerie ou un hôpital de fortune. Il y avait plusieurs lits alignés contre les murs et une dizaine de blessés dont certains dormaient. Un infirmier en blouse blanche lui fit un grand sourire.

– Léonard est là, mon garçon, il veut te remercier !

Samuel s'approcha du paravent derrière lequel on avait

installé le caporal Chartrel. Celui-ci était allongé sur un drap gris, sa jambe disparaissant sous une espèce de cage grillagée. Son visage était blême, ses traits creusés et Sam estima qu'il ne devait pas avoir plus de vingt-cinq ou trente ans. Il esquissa une grimace de bienvenue.

– Merci... merci, petit. C'était moins une, tu sais. Un peu plus... J'ai pris une rafale, il y a deux jours. On se battait pour Fleury. J'ai glissé dans un fossé. Ça m'a sauvé, dans un sens, mais sans toi... Tu as un nom, au fait?

Sam chercha un prénom qui sonnait français:

– Jacques... Je m'appelle Jacques.

– Eh bien, Jacques, tu es mon ange gardien. Les gars m'ont raconté que tu avais eu affaire au capitaine, mais ne t'inquiète pas, on va t'aider. Après ce qui s'est passé...

Il tendit le bras vers Sam et ouvrit lentement le poing.

– Tiens... C'est ça que je voulais te donner. Mon porte-bonheur. Je l'ai ramassé dans une tranchée l'année dernière. Comme personne l'a réclamé...

Il lâcha dans la paume ouverte de Sam une médaille en argent évidée au centre, dont ne subsistait que le tour métallique bleuté, avec, inscrit: « République Française ».

– C'est la médaille militaire, petit, on ne la décerne qu'aux braves. Moi-même, je vais peut-être finir par l'avoir, qui sait! Le type à qui elle appartenait a dû perdre le médaillon central ou bien il a pris une balle. Dans cet état, elle ne vaut plus rien, mais je me suis dit qu'elle me protégerait. Faut bien se raccrocher à quelque chose quand on monte au feu! Et la preuve, c'est que tu es venu.

Le caporal fixait Sam avec la même intensité que le frère Ranald la veille, un peu comme si le jeune garçon était doté de superpouvoirs. Alors qu'il était juste descendu à la cave!

– Prends-la, petit, tu la mérites !

Sam referma ses doigts sur la médaille. Elle était tiède – la chaleur des mains du caporal, ou bien autre chose ? Il avait maintenant sa pièce pour repartir, il le savait... Il ignorait d'où lui venait cette certitude, *mais il le savait.*

À cet instant précis, une sirène se déclencha dans le fort, avec un mugissement terrible, à déchirer les tympans. Les couloirs se mirent à résonner de cris :

– Alerte, alerte ! Attaque ! Attaque ! Tout le monde à son poste !

Une première explosion se produisit au loin, comme assourdie par l'épaisseur des murs. Puis une deuxième, à quelques secondes d'intervalle.

– Ces salopards, s'exclama l'infirmier en enlevant sa blouse. Ils ne nous laisseront jamais tranquilles !

Il se dirigea vers la porte en saisissant une sacoche au passage.

– Reste ici, petit, ça risque de durer un moment. Je vais voir si quelqu'un a besoin de moi.

Tous les malades étaient maintenant redressés sur leur lit à échanger leurs commentaires. Au plafond, la lumière faiblissait.

– Aïe, ils ont dû toucher l'électricité, soupira le caporal.

Il y eut trois autres explosions et les ampoules s'éteignirent brièvement. À la déflagration suivante, l'infirmerie fut totalement plongée dans le noir.

Sam prit sa décision très vite : il n'aurait peut-être pas d'autre chance.

– Merci, murmura-t-il en serrant le poignet de Chartrel.

Il attrapa sa couverture et se rua vers la porte. L'entrée du fort, autant qu'il s'en souvenait, était à trois longs couloirs de là sur la gauche. Il se mit à courir en touchant de temps en temps le mur de la main. À deux reprises, il manqua être renversé par des soldats qui arrivaient dans l'obscurité en sens inverse.

– Au poste de défense ! Vite !

À la dernière bifurcation, il se serait sans doute trompé s'il n'avait aperçu au loin la lumière du dehors. Les explosions se multipliaient, certaines toutes proches, qui faisaient vibrer le sol. Samuel se demanda comment il allait convaincre la sentinelle de le laisser passer… En détournant son attention, peut-être ?

Il se plaqua contre le mur et observa la guérite. C'était Jeannot, le grand benêt, qui montait la garde. Une veine. Surtout s'il était seul…

– Hé, Jeannot ! cria Sam en se décollant de la paroi. Le capitaine m'envoie vous chercher !

– Quoi donc ? fit celui-ci en le mettant en joue.

– Ça canarde dur au poste de défense… reprit Sam. Ils ont besoin de tout le monde !

– Au poste de défense ?

– Au poste, oui ! Le capitaine n'avait plus que moi sous la main pour vous prévenir. Il lui faut tous les tireurs…

– Les tireurs, murmura l'autre en baissant son fusil. Je vais tirer ?

– Si vous vous dépêchez, oui ! Les Allemands ne vont pas vous attendre !

– Mais… et la garde ?

– Le capitaine veut seulement qu'on ferme la grille. Je m'en occupe, allez-y !

Le grand nigaud n'hésita que quelques secondes, le temps pour ses neurones de bien saisir ce qu'on lui demandait.

– Je vais tirer ! répéta-t-il la mine béate. Je vais tirer !

Il s'élança enfin dans le souterrain. Avec des recrues de cette trempe, la guerre n'était pas gagnée !

Une fois que Jeannot eut disparu dans le couloir, Samuel s'approcha de la grille. À l'extérieur, les bombardements redoublaient, soulevant d'énormes nuages de poussière. Ce n'était pas le bon moment pour une promenade, mais il n'avait pas franchement le choix : si jamais un obus finissait par atteindre la pierre sculptée, il pourrait dire adieu à son époque.

Il patienta jusqu'à l'explosion suivante puis piqua un cent mètres vers la route de Fleury. L'air était saturé de particules et de bruit, avec des éclairs qui zébraient le ciel par intermittence. Il se mit sous sa couverture en priant pour qu'elle le dissimule un peu. Visiblement, les artilleurs du fort de Souville ripostaient, puisque les détonations se croisaient, relayées par le crépitement des fusils. Le soldat Jeannot devait être au comble du bonheur !

Soudain, tandis qu'il se croyait sorti de la zone la plus dangereuse, Sam perçut un sifflement au ras de son oreille. Une balle... Repéré ! Il se jeta à terre et roula sur le bas-côté pour se fondre dans un champ. Protégé par le terre-plein, il attendit en s'efforçant de se calmer. Pas d'autre tir... Au bout de deux minutes, il commença à ramper comme un serpent. Et si les Allemands avaient également investi Fleury ? Il jeta un œil rapide vers le bourg : non, la voie était libre.

Après deux cents mètres de parcours du combattant, il arriva enfin au premier bâtiment en ruine. Il s'adossa à ce qui restait d'un conduit de cheminée et constata qu'il était noir de boue de la tête aux pieds. Un camouflage de professionnel ! Derrière lui, au-delà de la route, le fort était pilonné sans relâche depuis les crêtes. Il y avait quelque chose d'insupportable dans ce feu mortel qui se déversait du ciel encore et toujours. Rien à voir avec les films.

Lorsqu'il se sentit un peu plus vaillant, il entreprit de se faufiler d'une habitation à l'autre en prenant garde de ne pas se mettre à découvert. L'ancienne fontaine à moitié démolie n'avait pas bougé de place, non plus que la pierre sculptée dans les herbes folles.

Il prit la médaille du caporal et la serra très fort contre son cœur.

– Je t'en prie, s'il te plaît, ramène-moi à la maison…

Il la tendit en tremblant vers la pierre sculptée.

VI

Seul dans le noir

Samuel sentit le froid du sol se matérialiser d'un seul coup sous ses mains et ses jambes. La nausée le tenait plié en deux, mais il contrôlait mieux ses spasmes et il n'eut pas à vomir. Il faisait noir, par contre, un noir absolu. Peut-être la veilleuse de la cave s'était-elle éteinte après son départ ? Il avança au jugé et buta sur une sorte de table massive qui ne lui évoquait rien du tout. Pas la librairie, en tout cas... Il se releva en tendant les bras à la recherche d'un mur. Il le trouva à deux pas devant lui, une surface lisse et tout aussi froide que le sol. Une bouffée d'angoisse le submergea soudain. Et s'il était enfermé ? Si la pierre l'avait conduit dans un endroit d'où l'on ne pouvait pas sortir ? Ou bien s'il était devenu aveugle ? Ce genre de voyage dans le temps devait avoir des conséquences horribles sur l'organisme !

Pris de panique, il se mit à tourner comme un animal en cage. La pièce n'était pas bien grande, quatre mètres sur quatre environ, mais elle n'avait aucune porte. Il était fait comme un rat ! Il sauta plusieurs fois en l'air, sans parvenir à atteindre le plafond.

Une issue par le haut, alors ?

Il monta sur le gros bloc de pierre et se dressa sur la pointe des pieds. Quelque chose de mou pendait dans le vide. Il l'attrapa du bout des doigts et tira d'un coup sec. Une corde. Mieux, une échelle de corde, attachée quelque part en hauteur. Il s'agrippa au premier barreau – une ficelle nouée en travers, plutôt – et commença à se hisser. La fixation avait l'air de tenir. Il s'éleva sans forcer pour éviter de tournoyer comme un poisson au bout de sa ligne, et atteignit une brèche au sommet. L'ouverture donnait sur un couloir plongé lui aussi dans l'obscurité. Sam avança à quatre pattes en palpant le sol autour de lui. Bien lui en prit. Après avoir rampé dans un passage plus large, il sentit soudain la terre se dérober : il y avait un puits circulaire au milieu du souterrain. Sam dut se mettre debout et lentement, très lentement, contourner l'obstacle en se plaquant contre le mur. Il reprit ensuite sa progression et, au coude suivant, il lui sembla qu'il faisait moins sombre. Oui, il y avait une lumière vacillante là-bas. Il se mit sur ses deux jambes et commença à courir. Une lampe à huile, dans une salle à droite…

– Mon Dieu ! s'exclama-t-il.

Des hiéroglyphes, des hiéroglyphes partout ! Avec des personnages de profil ! Tous dessinés dans des couleurs vives et éclatantes. Certains qui portaient des jarres, des corbeilles de fruits, des volailles… D'autres qui moissonnaient les blés ou jouaient de la musique. Il y avait aussi des outils posés à même une planchette : une brosse en bois au bout écrasé et des pots en terre remplis de pigments. Plus une liasse de papyrus qui servait sans doute de modèle, sinon que chaque feuille montrait une suite de dessins identiques. Il était en Égypte ! Dans une pyramide, peut-être !

Il souleva la lampe… Les parois étaient couvertes jusqu'au plafond de figures humaines ou à tête d'animaux, entourées de signes innombrables. Fantastique !

C'est alors qu'il perçut des bruits du côté du couloir. Des pas et des chuchotements :

– … tu l'as raccompagné jusqu'à la cour ? murmurait une voix.

Quelqu'un approchait. Le peintre ? Samuel n'eut que le temps de souffler la mèche.

– Jusqu'à la cour, ainsi que tu me l'avais ordonné, maître. Il a dû repartir vers le temple avant que les ouvriers ne reviennent.

Deux personnes. Une langue chantante et agréable à l'oreille.

– Il ne se doute de rien, tu es sûr ?

– Certain. Il a fait son inspection comme prévu.

– Il n'a pas parlé des objets qu'il voulait déposer avec le sarcophage ?

– Pas un mot.

Sam distinguait maintenant les ombres dansantes d'une torche : les deux hommes arrivaient par ici.

– Tant pis, nous devrons agir avant que la chambre ne soit scellée.

– Les funérailles n'auront pas lieu avant la prochaine décade, maître…

– Je le sais, figure-toi ! répliqua la première voix sur un ton acerbe. C'est pour cela que j'ai arrêté la date. Dans cinq jours, ce sera la pleine lune. Il devra se rendre au bain du temple de Ramsès pour la toilette rituelle. À la sixième heure de la nuit, tu posteras l'un de tes hommes sur l'enceinte. Une seule flèche devrait suffire.

Leurs pas traînants s'immobilisèrent au niveau de la porte et Sam vit s'éclairer le mur du fond. Un énorme dieu à tête de faucon le dévisageait de son œil unique. S'il prenait l'envie d'entrer aux deux comploteurs…

– Ensuite, maître ?

– Ensuite, que ton complice disparaisse, je m'occuperai du reste.

– Et… hésita le deuxième interlocuteur. Pour le salaire ?

– Vous recevrez chacun six sacs de blé et six sacs d'orge, comme convenu.

Ils firent demi-tour et leurs voix s'éloignèrent dans l'autre sens.

– Tu me garantis la discrétion de tes hommes ?

– Oui, maître. Ils savent ce qu'ils risquent s'ils me trahissent.

– L'agitation des ouvriers va nous servir, le vizir aura le regard tourné ailleurs. Tu penses qu'il peut y avoir une révolte ?

– Je l'ignore, maître. Les têtes s'échauffent depuis quelques jours et…

Sam ne comprenait plus ce qu'ils se disaient : le battement de son cœur couvrait leurs chuchotements. Il resta ainsi paralysé dans l'angle du mur, jusqu'à ce qu'il sente à nouveau son sang circuler dans ses veines. Un sarcophage… Le temple de Ramsès… Il était bien à l'époque des pyramides !

Lorsqu'il n'entendit plus aucun bruit, il se décida à sortir de sa cachette. Repartir en arrière ne lui servirait à rien, il devait suivre le couloir en espérant trouver une sortie. Et ce avant que les ouvriers ne reprennent leur travail !

Il se remit à genoux et parvint en tâtonnant au pied d'un escalier. Une quinzaine de marches et il déboucha sur un étage éclairé par le même genre de lampes à huile. Ce couloir-ci était magnifique, peint d'un ciel étoilé en hauteur et décoré sur les côtés d'une immense barque dorée tirée par une foule de serviteurs. Au centre du bateau, un homme richement coiffé – le pharaon ? – tenait par la main un dieu à tête de chien et un autre à tête de bélier. Samuel regrettait de ne pas avoir été plus attentif en classe : Anubis, Thot, Horus, un tas de noms lui revenaient pêle-mêle sans qu'il se rappelle qui était qui. Au passage, il remarqua qu'il ne réussissait pas à lire les hiéroglyphes. Son traducteur intégré avait ses limites…

L'extrémité du couloir donnait sur un embranchement et Sam choisit de prendre à gauche. Il gravit un nouvel escalier et sentit la chaleur qui lui tombait lourdement sur les épaules. Plutôt bon signe… Cinq marches encore et il aperçut vingt mètres plus loin la lumière du soleil. Il retira sa chemise et la noua autour de son caleçon, car la température devenait suffocante. La porte n'était pas très haute et semblait ouvrir sur un ciel bleu immaculé. Samuel n'eut malheureusement pas le loisir de vérifier : des cris mélangés montaient de l'extérieur.

– Vous n'avez pas le droit ! hurlait une voix rauque. Vous êtes sous les ordres du vizir !

– Tu vas bien voir si on n'a pas le droit, rétorqua quelqu'un. Ça fait deux décades qu'on n'a pas été payés !

– Oui ! Oui ! approuvèrent plusieurs autres en chœur.

Un fouet claqua.

– Si l'équipe de la Gauche refuse encore de se rendre à la vallée, reprit la voix rauque, j'en référerai directement au vizir !

– Alors tu lui passeras le bonjour de ma part ! lança son contradicteur. Et tu lui diras que moi et mon équipe, on rentrera chez nous dès que cette tombe sera finie. Il n'y aura pas d'autre chantier avant qu'on nous ait versé notre dû ! Au juste poids et à la juste mesure !

Rumeurs d'approbation.

– Dans ce cas, le vizir m'autorisera à employer la force ! menaça la voix rauque.

– Essaye, seulement, scribe ! Et si tu nous casses les bras et les poignets, tu iras toi-même décorer les salles !

Il y eut des rires et l'argument parut faire mouche. Le scribe ne répondit rien mais marcha d'une foulée rageuse vers la porte : Sam vit son profil se découper sur le fond de ciel bleu. Il recula précipitamment vers une pièce obscure tandis que la silhouette s'animait de grands gestes.

– Puisque tu es si malin, Péneb, explique-moi donc pourquoi vous n'avez pas fini la tombe de Setni ?

– Nous étions sur le point de l'achever et il nous a manqué des couleurs, scribe, tu le sais bien. Tes services n'avaient pas prévu assez large, apparemment.

– C'est la tombe d'un prêtre, ici, pas celle d'un prince de sang. Vous auriez dû aller plus vite !

La voix rauque descendait l'escalier, Sam en était sûr.

– Setni était le meilleur prêtre d'Amon que l'Égypte ait connu depuis des générations. Il doit être honoré dans la mort comme il l'a été dans la vie.

– Car tu es capable, toi, Péneb, de juger des qualités et des défauts d'un prêtre ? Et de décider du temps qu'il faut consacrer à son caveau ?

Les pas étaient tout proches et les torches illuminaient le couloir comme en plein jour.

– Son fils t'a grassement payé pour notre travail, il me semble, scribe… Toi et toute l'Institution de la tombe.

– Les comptes de l'Institution ne te concernent pas, Péneb. Prends bien garde à ne pas me provoquer, ni moi ni mes fonctionnaires. Tes ouvriers feraient mieux de raccourcir leur pause et de s'assurer que…

La lumière se fit brusquement dans la pièce où Samuel s'était réfugié. Deux yeux noirs le fixèrent, un homme au crâne rasé, vêtu d'un simple pagne et qui tenait un fouet à la main.

– ET ÇA ! s'égosilla le scribe. QU'EST-CE QUE C'EST QUE ÇA ?

Il ne laissa pas à Sam le temps d'ouvrir la bouche et le fouetta violemment sur la cuisse.

– Un petit voleur dans la sépulture dont tu as la charge, Péneb !

Schlac ! Deuxième coup de fouet, dont la morsure arracha un cri au jeune garçon. Le scribe s'emporta :

– Je vais raconter au vizir comment tu prends soin du tombeau de Setni, oh oui ! N'importe quel pillard ou serviteur en maraude peut…

Un troisième coup de fouet était sur le point de claquer, mais Péneb s'interposa fermement.

– Arrête ça tout de suite, scribe ! Si tu veux passer ta colère sur quelqu'un, il vaudrait mieux t'en prendre à moi !

Les deux hommes se trouvaient face à face, prêts à en découdre. Les traits du scribe étaient déformés par la haine.

– Et peux-tu me dire au moins ce que fait cet intrus sur *ton* chantier, Péneb ?

L'autre ne cilla pas.

– C'est mon neveu, scribe. Il est ici pour apprendre le métier. Et je te déconseille à l'avenir de le toucher…

Ils se défièrent encore du regard, puis le scribe tourna les talons, repoussant les curieux agglutinés devant la porte.

– Le vizir vous a à l'œil, gronda-t-il. Toute l'équipe de la Gauche ! Souvenez-vous-en !

Il y eut un silence interminable, qui se prolongea bien au-delà de son départ. Tous les hommes observaient Sam sans trop savoir quoi penser. L'un d'eux, enfin, brisa la glace avec un sourire :

– Eh bien, Péneb, tu ne souhaites pas la bienvenue à ton neveu ?

Quelques-uns applaudirent et Péneb aida Sam à se relever. Le chef d'équipe distribua ensuite le travail à chacun, puis il entraîna Sam jusqu'au vestibule où lui-même s'occupait d'une fresque. Sans un mot, il lui fit signe de s'asseoir et se remit à l'ouvrage à la lueur des lampes, comme si de rien n'était. À l'aide d'un ciseau fin et d'un maillet, il gravait les figures préalablement dessinées au mur sur un gigantesque quadrillage. Les quatre cinquièmes étaient déjà taillés et il terminait un personnage grandeur nature qui recevait un cadeau d'un dieu à tête de héron – ou tout autre oiseau avec un long bec recourbé. Fasciné, accablé par la chaleur, n'osant pas remuer car sa cuisse le brûlait, Sam le regardait modeler la pierre avec dextérité et faire naître les plis d'un vêtement ou le galbe d'un bras.

Il s'écoula bien trois heures ainsi avant que Péneb ne lui adresse la parole, le tirant d'une molle torpeur :

– Tu me mets dans une situation délicate, gamin. Le scribe va prévenir les gardes afin qu'ils nous surveillent. Les ouvriers qui pénètrent dans les tombes sont soumis au secret et si tu disparaissais aujourd'hui, on me demanderait des comptes. Tu vas devoir rester quelque temps avec moi, ou bien ils se douteront que j'ai menti. Or, le scribe n'attend qu'une occasion pour me chasser.

Péneb s'interrompit un moment – il ciselait l'œil du personnage central – avant de reprendre :

– C'est Setni, le grand prêtre d'Amon. Il est mort il y a deux mois. Les embaumeurs auront bientôt fini leur travail et sa momie va rejoindre le sarcophage. J'espère que tu ne venais pas pour repérer sa tombe et la piller...

Pour la première fois de l'après-midi, il se tourna vers Sam.

– Tu es en fuite, n'est-ce pas ? On t'a battu ou bien on te nourrissait mal ? J'en ai vu des petits serviteurs comme toi qui voulaient échapper aux mauvais soins de leurs maîtres. Les riches ne goûtent vraiment leurs richesses que s'ils sont entourés de pauvres ! Pouah !

Il cracha par terre avec mépris et s'attaqua au cadeau que tendait le dieu à tête de héron. De temps à autre, il consultait la liasse de papyrus où chaque partie de la fresque était dessinée.

– Quel est ton nom, gamin ?

– Sam, fit celui-ci avec un accent bizarre.

– *Sem ?* Eh bien, autant que tu profites de la leçon, Sem... Il faut manier le ciseau avec souplesse et savoir précisément où le porter. L'œil ne doit pas seulement voir l'endroit où la main frappe, mais l'effet qu'elle doit obtenir. Tiens, comme ceci...

En quelques coups habiles de burin, il fit jaillir une ébauche de disque solaire.

– Le devoir du graveur est de donner l'éternité à la forme qu'il grave, tu comprends ? Les peintres, eux, lui donneront la vie avec leurs couleurs.

Et tandis qu'il parlait, à la stupéfaction de Sam, il traça sur la paroi une sorte de borne arrondie au sommet et marquée en son centre d'un soleil à six rayons. Une image simplifiée mais parfaitement reconnaissable de la pierre sculptée... *La fresque représentait la pierre et la manière dont le prêtre Setni l'avait obtenue !*

Sam crut qu'il allait se trouver mal.

– Pardonnez-moi... Que... que veut dire cette scène ?

Péneb ne répondit pas immédiatement. Il s'appliquait à faire ressortir par des hachures serrées la profondeur de la cavité à la base de la pierre.

– C'est ici, dans le vestibule, que le mort accueille ses invités. Il aime en général à s'y montrer à des moments importants de son existence. Visiblement, le dieu Thot lui remet un objet qui a dû compter pour lui.

– Et cet objet, vous savez ce que c'est ?

– Aucune idée. Selon les volontés de Setni, c'est son fils qui nous a fourni le modèle. Les prêtres d'Amon ont parfois des exigences qui nous dépassent.

– Mais le fils de Setni ne doit pas l'ignorer, lui ?

– Ne crois pas cela. Nous en avons discuté au début des travaux. Il n'a pas pu me préciser ce qu'était cet objet exactement. Pour moi, je suppose qu'il s'agit d'un vase sacré que le dieu offre en le retournant. Pour quelle raison, ça…

– Le fait que ce soit le dieu Thot qui lui offre ce cadeau n'a-t-il pas un sens ?

Péneb approuva.

– Tu ne réfléchis pas trop mal pour un petit serviteur inculte : le choix de Thot n'est jamais un hasard. Mais tu sais comme moi que Thot-à-la-tête-d'ibis est autant le patron des magiciens que celui des médecins ou des scribes… Ainsi que le manieur de temps, bien sûr, le jongleur des jours et des saisons. Cela ne nous éclaire pas beaucoup sur l'objet en question, n'est-ce pas ? Mais c'est bien, au moins, tu as l'esprit curieux. Viens, ajouta-t-il en se redressant, j'ai terminé pour le vestibule. Allons dire aux peintres qu'ils prennent la relève.

Samuel le suivit, vaguement hébété. « Thot le manieur de temps, se répétait-il. Le jongleur des jours et des saisons ! »

VII

Le Palais des millions d'années

Après quelques jours passés en compagnie de Péneb, Sam aurait presque pu se croire en voyage linguistique à l'étranger. Plusieurs de ses copains partaient ainsi en Europe durant les vacances, afin d'approfondir leurs connaissances de l'allemand ou de l'italien – en réalité, ils approfondissaient surtout leurs connaissances des filles, de la musique et des cigarettes. Alors pourquoi pas l'Égypte à la place de l'Allemagne ou de l'Italie ? À ceci près que sa famille d'accueil à lui avait trois ou quatre mille ans de décalage…

Ils étaient charmants, au demeurant. Nout, la femme de Péneb, l'avait reçu comme son neveu préféré, sans poser la moindre question. Le soir de son arrivée, elle avait demandé à ses deux jeunes fils, Didou et Biatou, dont l'occupation favorite était de courir partout en riant, de l'aider à se laver dans le petit bassin au fond du jardin. Puis elle l'avait fait dîner : du poisson séché avec un hachis de concombre et d'oignons, plus du raisin et des gâteaux au miel, un menu beaucoup plus digeste que l'ordinaire de la cantine d'Iona. Pour le coucher, elle lui avait installé une natte à la belle étoile, sur le toit-terrasse de la maison. L'air était doux et parfumé et Samuel n'avait jamais mieux dormi depuis qu'il avait quitté sa propre chambre. Rien à redire, donc, sur le logement ni sur l'hospitalité.

Concernant les activités proposées, par contre, son organisme d'échanges avait été moins inspiré. Le village de Set-Maât vivait en effet comme un camp retranché, étroitement surveillé par les *madjaïou*, les policiers du coin. Sous prétexte que les hommes travaillaient à la décoration des tombes royales, ils n'étaient en fait pas libres de leurs mouvements : l'Institution de la tombe craignait qu'ils ne livrent aux pillards des indications précieuses sur les trésors et leurs emplacements… Par voie de conséquence, les habitants sortaient peu, hormis pour se rendre aux chantiers. Il existait même un personnel à leur disposition, chargé d'effectuer la plupart des tâches qui les auraient mis en contact avec l'extérieur : la pêche, les courses, le lavage du linge, le ravitaillement en eau, etc. Du coup, les gens de Set-Maât passaient l'essentiel de leur temps entre eux, se rendant visite les uns aux autres, organisant des veillées où l'on chantait et dansait, voire des concours d'une espèce de jeu de dames auquel Sam ne comprenait rien. Didou et Biatou avaient bien essayé de lui en expliquer les règles, mais il se faisait invariablement manger ses pions au cinquième ou sixième coup, ce qui déchaînait l'hilarité des deux enfants.

Résultat, durant son séjour, Samuel n'eut droit qu'à une seule excursion. Un matin, très tôt, alors que Péneb était déjà parti, Nout vint le réveiller.

– Sem, veux-tu venir au marché de Thèbes avec moi ?

– Au marché de Thèbes ?

– Je connais bien les *madjaïou* de garde aujourd'hui, ils nous laisseront passer.

Sam n'hésita pas longtemps : qui disait marché disait achats, qui disait achats disait argent et qui disait argent disait pièces de monnaie. Et qui disait pièces de monnaie…

Il enfila le pagne que Nout lui avait prêté et la rejoignit alors qu'elle préparait ses deux paniers. Escortés de Didou et de Biatou qui gambadaient tout nus, ils franchirent sans problème l'enceinte du village, après avoir glissé aux deux gardiens un paquet de galettes au miel. Ils se rendirent ensuite jusqu'à un embarcadère où ils montèrent sur une longue barque à rames pour traverser le Nil, dont la fréquentation n'avait rien à envier à celle d'une autoroute un dimanche soir. Le village de Set-Maât se situait sur la rive occidentale du fleuve, réputée comme la rive des morts : outre la cité ouvrière, on n'y trouvait que de gigantesques palais dédiés aux pharaons et une falaise abrupte dans laquelle les tombeaux étaient creusés. Mais pour les pyramides, c'était raté : Péneb lui avait appris qu'on n'en construisait plus depuis belle lurette – trop cher – et que, de toute façon, il n'y en avait jamais eu dans la région. Un mauvais point encore pour l'organisme d'échanges…

En approchant de la rive des vivants, Samuel fut ébloui par la beauté de Thèbes. La ville s'étendait sur plusieurs kilomètres, avec une alternance de quartiers somptueux, de monuments imposants et de grappes de ruelles étroites, le tout dans une unité lumineuse de tons ocre. Le marché, qui se tenait à l'ombre du grand temple d'Amon, grouillait littéralement de monde : on s'y apostrophait, on s'y bousculait, et les dizaines d'étals débordaient de fruits, de fleurs, de poteries colorées, de volailles vivantes ou de tissus de toutes sortes. Nout savait exactement ce qu'elle désirait et circulait avec aisance au milieu de la cohue et des ânes qui faisaient office de porteurs. Elle achetait telle mesure de figues à tel marchand, telle botte de poireaux à tel autre et ne prenait jamais sa coriandre ailleurs que chez une vieille Nubienne au visage fripé. Malheureusement, Sam dut se rendre très vite à l'évidence : personne sur ce marché ne payait avec de l'argent. Tous échangeaient leurs produits au cours de savantes négociations, qui permettaient à Nout, par exemple, de troquer un pot de graisse d'oie ou de cire contre quatre gâteaux au miel de sa fabrication. Les Thébains n'utilisaient rigoureusement aucune pièce de monnaie ! Ils en ignoraient jusqu'à l'existence !

– Ça ne va pas, Sem ?

Les yeux du jeune garçon s'égaraient sur l'impressionnante muraille du temple d'Amon.

– Non, je me demandais... C'est bien du temple d'Amon que Setni était le grand prêtre, n'est-ce pas ?

Elle hocha la tête tout en lui faisant signe de parler moins fort. Sam venait d'avoir une idée :

– Et le fils de Setni, vous le connaissez ?

– De nom, seulement. Il s'appelle Ahmousis.

– Il habite à Thèbes, j'imagine ?

– Oui, une belle demeure près du domaine de Montou.

– Vous... vous pourriez m'y conduire ?

Nout fronça les sourcils.

– Certainement pas. Pour commencer, je ne sais pas où elle se trouve exactement. Et même si je le savais, jamais ses serviteurs ne nous laisseraient entrer. Tu espères te placer à nouveau comme domestique, c'est ça ?

Samuel eut un geste vague.

– Je te rappelle, Sem, que Péneb a encore besoin de toi. Si tu ne revenais pas aujourd'hui au village, le scribe de l'Institution pourrait lui faire des ennuis. Patiente encore un jour ou deux !

Et Nout avait raison…

Ils n'étaient pas rentrés de Thèbes depuis une heure que le scribe escorté de deux gardes faisait irruption dans la maison du chef d'équipe. Nout lui fit face sans la moindre gêne.

– Tu cherches Péneb, scribe ?

– Non, je voulais te voir.

– Moi ?

– Toi. Une femme a des arguments auprès de son mari que l'Institution n'a pas… Tu dois le dissuader de mener la révolte.

– La révolte ? Mais la révolte des hommes est juste, scribe ! Nous n'avons pas eu nos rations depuis près d'un mois !

– Ce n'est pas la question. Je me suis entretenu avec le vizir. Les silos à grain sont vides, il faut attendre que le blé et l'orge nous arrivent du nord. Deux décades, trois au maximum. L'Institution ne peut rien d'ici là.

– Les silos sont vides mais les prêtres et les scribes ne mangent pas si mal ! Nous autres, au village, nous avons épuisé nos réserves. Si on ne se débrouillait pas par nous-mêmes… commença-t-elle.

Elle s'interrompit, de peur d'en avoir trop dit, mais le scribe ne parut pas relever :

– Une révolte n'amènerait rien de bon, Nout. Pour personne. Ton mari pourrait y perdre sa place et beaucoup d'ouvriers avec lui. Que ferez-vous si l'Institution vous chasse ?

– Péneb est le meilleur sculpteur de Thèbes et ses hommes sont parmi les plus habiles d'Égypte. Il faudrait des années à l'Institution pour les remplacer.

– Peut-être, admit-il d'un ton doucereux. Mais es-tu prête à prendre ce risque ? Que vaut le meilleur sculpteur du monde s'il n'a plus de toit sur sa tête et si ses enfants mendient dans les rues ? Tu as deux charmants garçons, à ce qu'on m'a dit, Nout. Je te demande d'y réfléchir.

Il se dirigea vers la porte et se retourna sur le seuil.

– Au fait, que donne le jeune neveu de Péneb ?

Sam, qui ne perdait rien de la discussion depuis la terrasse, sentit une boule toute sèche se former dans sa gorge.

– Eh bien… Je ne crois pas qu'il soit très doué, répondit Nout. Ni très courageux au travail. Péneb songe déjà à le renvoyer chez son frère, à Memphis.

– Je m'en doutais, lança le scribe avec un ricanement, il m'a eu tout l'air d'une mauviette. Et le teint pâle avec ça, presque souffreteux. S'il a besoin de quelques coups de fouet pour lui faire circuler le sang, amène-le-moi.

Le lendemain, malgré la visite du scribe, les tensions avec l'Institution étaient loin de s'être apaisées. Péneb rentra inhabituellement tôt du chantier, accompagné d'une demi-douzaine de ses compagnons, tous en pleine effervescence.

– La tombe de Setni est terminée, déclara-t-il en posant sa besace sur un coffre. Nous arrêtons le travail.

– Vous arrêtez ? fit Nout, incrédule.

– Nous en avons discuté, nous sommes tous d'accord. Nous ne ferons plus rien avant que le ravitaillement n'arrive. Et l'équipe de la Droite pense pareil…

– L'équipe de la Droite cesse aussi le travail ?

– Mieux, ajouta un ouvrier à la carrure de catcheur, nous avons décidé d'aller nous plaindre au palais. Chez moi, il n'y a plus une goutte de bière dans les jarres et l'eau qui reste est croupie. Ma fillette n'a que trois ans et elle pleure tous les soirs parce qu'elle a soif et parce qu'elle a faim !

– Mésou a raison, abonda un autre, il faut réclamer notre dû au palais de Ramsès. Si nous nous contentons d'attendre ici, il ne se passera rien !

– Oui, renchérirent-ils en chœur, au temple de Ramsès ! Au Palais des millions d'années !

Pendant que les ouvriers s'excitaient, Samuel s'approcha de Nout.

– Ahmousis, le fils de Setni... Il ne serait pas prêtre au temple de Ramsès, justement ?

Nout hocha la tête et se détourna pour aller voir ce qu'elle pourrait offrir à boire et à manger à ses hôtes. Au milieu de ce brouhaha, Sam se rappela brusquement la conversation qu'il avait surprise dans le tombeau de Setni : « Dans cinq jours, avait murmuré une voix mystérieuse, ce sera la pleine lune. Il devra se rendre au bain du temple de Ramsès pour la toilette rituelle. À la sixième heure de la nuit, tu posteras l'un de tes hommes sur l'enceinte. Une seule flèche devrait suffire. »

Or, qui pouvait être ce « il » que l'on projetait d'assassiner, ce « il » qui venait d'inspecter le tombeau de Setni, sinon Ahmousis, son propre fils ? Ahmousis qui était aussi prêtre dans le temple de Ramsès et que ses fonctions obligeaient peut-être à certains rites les nuits de pleine lune...

Samuel compta fébrilement sur ses doigts : un, deux, trois, quatre... cinq jours qu'il était en Égypte. Cinq jours exactement ! Et dire qu'il avait enfoui ces détails tout au fond de sa mémoire ! À moins qu'il n'ait eu tout simplement peur de s'en souvenir...

En tout cas, il devait prévenir Ahmousis.

Fallait-il pour autant tout révéler à Péneb et aux siens ? Et si l'un des comploteurs figurait justement parmi les ouvriers de Set-Maât ? Samuel ne ferait pas de vieux os en ce cas. Non, il valait mieux profiter de la grève pour s'introduire dans le palais et tâcher d'une manière ou d'une autre de rencontrer Ahmousis. Après tout, le fils de Setni savait peut-être certaines choses sur la pierre sculptée. Et il ne restait qu'une ou deux heures avant la tombée de la nuit…

La nouvelle de la marche sur le palais de Ramsès gagna peu à peu le village. Les ouvriers des deux parties – l'équipe de la Gauche et l'équipe de la Droite – se réunirent sur la place et palabrèrent un moment avant de s'entendre. Enfin, ils s'armèrent de leurs outils et, flanqués des femmes et des enfants, prirent la direction du temple en improvisant des slogans.

– Notre blé et notre orge !

– Le vizir doit nous entendre !

– Nos enfants ont faim !

– Les scribes et les prêtres avec nous !

Tandis qu'ils cheminaient en brandissant pics et hachettes, Sam se renseignait discrètement auprès de l'un des voisins de Péneb :

– Je ne suis jamais allé au temple de Ramsès, vous savez à quoi il ressemble ?

– Bien sûr, j'ai même participé à sa décoration. Ramsès l'a fait construire afin que la grandeur de son règne soit célébrée de son vivant et pour l'éternité ! D'où le nom de Palais des millions d'années… Une infime partie des richesses qu'on y entasse suffirait à nourrir la ville de Thèbes pendant un an !

– Il paraît qu'il existe des bains pour les prêtres ?

– D'où débarques-tu, petit ? On ne rend pas hommage aux dieux dans la ville d'où tu viens ? Évidemment qu'il existe des bains ! À droite, dans la deuxième cour, celle qui est entourée de buissons et de massifs de fleurs. Mais si tu espères te rafraîchir les fesses, tu te trompes. Seuls les prêtres du temple y ont accès ! Et si tu essayes d'y entrer, crois-moi, on te tannera le cuir !

Sa femme lui donna un coup de coude et il se remit à crier avec les autres :

– Nos enfants ont faim ! Notre blé et notre orge ! Les scribes et les prêtres avec nous !

Samuel n'osa pas insister.

Après avoir défilé un quart d'heure sous le soleil couchant, les trois cents habitants de Set-Maât parvinrent devant ce qui ressemblait à un château fortifié. La muraille avait au moins cinq mètres de haut, et, depuis les tours de guet, les soldats bandaient leurs arcs.

– Nous sommes les ouvriers des tombes royales, cria Péneb. Nous venons exiger le juste salaire de notre peine !

Il y eut un flottement du côté des gardes, des conciliabules, des escaliers montés et descendus, puis, au bout d'une vingtaine de minutes, un chef finit par se pencher au-dessus des créneaux.

– Déposez vos outils devant la grande porte, intima-t-il. Les scribes de l'Institution vont vous recevoir.

Une clameur de satisfaction s'éleva du cortège : les autorités ne souhaitaient pas l'affrontement.

La petite troupe franchit en bon ordre un premier porche, puis un second, et se retrouva devant l'entrée monumentale du temple funéraire de Ramsès. Là, sous le gigantesque bâtiment en brique crue, une dizaine de scribes les accueillirent, torches à la main. Ils invitèrent les manifestants à désigner cinq des leurs pour former une délégation, ce qui déclencha à nouveau des cris et des protestations. Certains ouvriers estimaient en effet que tous les chefs de famille devaient être entendus. Profitant du tumulte, Samuel observa les alentours : il était dans la deuxième cour dont lui avait parlé le voisin de Péneb et le crépuscule jouait en sa faveur. Deux allées partaient à droite et à gauche, bordées de buissons et de fleurs. La zone des bains était toute proche…

Il se laissa glisser à l'arrière du groupe et, tandis que chacun avait les yeux fixés sur Péneb, Mésou et trois autres volontaires, il se rapprocha du premier massif sur sa droite. Un coup d'œil au chemin de ronde : personne ne faisait attention à lui. Il se colla contre le buisson, s'accroupit, et se fraya un passage dans l'entrelacs de branches. Aucune réaction des soldats… Il se mordit les lèvres pour ne pas gémir car le bois lui entrait dans les chairs. En comprimant son ventre, cependant, il réussit à se faufiler et à atteindre l'espace libre entre la haie et le mur. Il longea ensuite l'enceinte vers l'extrémité de la cour et s'arrêta au pied d'un palmier-dattier dont le feuillage lui offrait une protection en hauteur. D'ici, il n'apercevait plus la cour, mais il pouvait, en écartant les feuilles du buisson, contrôler l'allée qui menait aux bains – si du moins le voisin de Péneb ne s'était pas trompé. Maintenant, il n'y avait plus qu'à attendre. À attendre et à espérer.

VIII

Le scarabée de verre

Un crissement sur le gravier…

Samuel se réveilla en tressaillant. Une fraction de seconde, il se demanda où il était. Les ouvriers de Set-Maât… La manifestation, le Palais des millions d'années… Tout le monde était parti et puis… Oui, la délégation de Péneb aussi. Au bout d'un moment, il n'y avait plus eu aucun bruit. Il avait dû s'endormir. Et maintenant, quelqu'un marchait dans l'allée.

Sam rallia son poste d'observation. La nuit était bien avancée et la pleine lune, voilée d'une dentelle de nuages, produisait une clarté de cendre. La sixième heure? Quelque part dans le lointain, on entendait le son d'une corne. Et tout près, les pas qui continuaient à avancer. Il cligna des yeux pour chasser le sommeil. Une silhouette… Un homme, en pagne et le crâne rasé, qui portait une perche surmontée d'une torche. Ahmousis?

L'homme s'approcha de la petite porte, juste de l'autre côté du massif, et planta sa torchère dans le fourreau prévu à cet effet. Il tenait un bâtonnet à la main qu'il introduisit dans le système de fermeture – les verrous d'ici étaient complexes, avec tout un système de ficelles. La porte s'ouvrit et le prêtre disparut en laissant la torche derrière lui. Cela ne faisait pas l'affaire de Sam, qui allait devoir traverser la lumière et risquait d'attirer l'attention des gardes. Mais que faire d'autre ? S'il attendait qu'Ahmousis ressorte, il serait trop tard. L'appeler, alors ? Les soldats seraient sur lui avant qu'il n'ait le temps de s'expliquer. Or, il n'avait pas spécialement envie qu'on lui tanne le cuir !

Sam traversa la haie en se protégeant le visage puis contourna le halo lumineux. La porte était béante, il suffirait d'un saut. Il prit son élan, bondit le plus loin possible et atterrit sans trop de mal sur un parterre de plantes à longues tiges. Des papyrus. Plus agréables et moins bruyants que le gravier… Il se releva doucement : il était maintenant dans un jardin. Des arbustes, des roseaux, un terre-plein couvert d'une herbe rase. Au centre, un grand bassin rectangulaire, aux trois quarts rempli d'eau. Le prêtre se tenait debout sur le bord, les mains jointes devant lui. Il murmurait des paroles inaudibles. Les jambes de Sam se mirent à flageoler : il ne se sentait pas la force de l'aborder. Pour lui dire quoi ? Et comment se présenter ?

Le prêtre descendit la première marche à l'intérieur de la piscine. Il s'arrêta à nouveau et prononça une deuxième série de formules. Allez, s'encouragea Sam, il n'avait pas le choix, il devait rentrer chez lui ! Il pensa à son père puis à Grand Ma'. Du courage !

C'est alors qu'il perçut un mouvement sur le mur de gauche. Il leva les yeux : une ombre s'était matérialisée à califourchon sur l'enceinte. Un archer…

– Attention ! hurla Sam.

Il y eut un sifflement dans l'air et le prêtre tomba comme une masse au fond de l'eau. Une deuxième flèche fendit aussitôt les remous à l'endroit où le corps venait de s'enfoncer. Samuel ne savait plus quoi faire.

– Alerte ! s'époumona-t-il. Alerte !

À présent, l'archer le visait… Sam plongea au milieu des papyrus et entendit distinctement la flèche déchiqueter les tiges au-dessus de lui. Ainsi plaqué au sol, il était plus ou moins à l'abri, à condition que le tueur ne s'avise pas de sauter dans le jardin ! Soudain, une cloche tinta, déclenchant une succession d'appels et d'exclamations. L'alarme était donnée…

Sam rampa à l'intérieur du bosquet pour essayer de voir si quelque chose bougeait du côté du bassin. Rien… Il y eut à ce moment-là une cavalcade sur le chemin de ronde et Sam regarda vers le mur : l'archer avait disparu.

Il jaillit alors de sa cachette et courut vers la piscine. Peut-être qu'Ahmousis respirait encore ? Peut-être n'était-il pas tout à fait noyé ? Sans réfléchir, il se jeta à l'eau, à l'instant même où le prêtre en émergeait.

– Qu'est-ce que… ? souffla le prêtre.

– Sacrilège ! cria une voix en hauteur. On attaque un prêtre de Ramsès !

Samuel réalisa en un éclair dans quels ennuis il venait de se fourrer.

– Lâche-le tout de suite ! ordonna le chef des gardes depuis l'enceinte.

Autour de lui, plusieurs soldats s'étaient mis en position.

– Ce n'est pas moi ! s'indigna Sam. Il y avait un archer, là où vous êtes. C'est lui qui a tiré la flèche !

Mais le chef des gardes n'en avait cure :

– Ça va, Ahmousis ? Il ne t'a pas fait de mal ?

– Pas de mal, Mekhnat, non. Tu es arrivé à temps.

– Ne bouge pas, lui lança Mekhnat, je descends avec des renforts. Vous autres, si cet assassin fait mine de s'enfuir, vous le transpercez !

Sam se tourna vers le prêtre en le suppliant :

– Je vous promets que ce n'est pas moi ! J'étais caché dans le fourré là-bas ! J'ai vu l'archer ! J'ai crié pour vous avertir !

Ahmousis essuyait son crâne ruisselant d'eau avec un calme surprenant. Visiblement, il n'était pas blessé : son plongeon l'avait sauvé.

– Tu es dans un bassin sacré, déclara-t-il sans émotion particulière. Seuls les prêtres de Ramsès ont l'autorisation de s'y baigner.

– C'était un complot ! éclata Sam. Je les ai surpris l'autre jour dans la tombe de Setni ! La tombe de votre père ! Ils parlaient de la pleine lune et du temple de Ramsès ! Ils comptaient vous tuer à la sixième heure !

Toutes ses idées se mélangeaient et il sanglotait à moitié :

– Ce n'est pas moi ! Je vous jure que l'archer était là ! C'est pour ça que j'ai crié !

– Garde ta salive pour le vizir, lui conseilla Mekhnat, qui entrait avec ses hommes dans le jardin. Même si tu n'as guère de chance de sauver ta peau... Emparez-vous de lui !

Deux soldats se précipitèrent et attrapèrent Sam par les poignets.

– Il a dû s'introduire hier durant la manifestation des ouvriers, continua le chef des gardes. Je t'avais bien dit, Ahmousis, qu'il ne fallait pas les recevoir.

– Le rôle des prêtres est aussi d'écouter le peuple, fit Ahmousis en sortant de l'eau à son tour. Et celui de l'Institution est de tenir ses engagements.

– N'empêche, Ahmousis, ce garçon aurait pu te tuer !

– Chef, intervint l'un des soldats, j'ai trouvé cet arc près de la porte !

Mekhnat prit l'arme dans ses mains avec une joie mauvaise.

– Voilà qui signe ton forfait, espèce de petite crapule !

– Il a dû le jeter ! geignit Sam. Vous m'avez entendu, non ? C'est moi qui ai donné l'alerte !

– Dans l'espoir de nous égarer, sans doute ! rétorqua Mekhnat. Je me demande même…

Il se pencha sur Ahmousis et lui glissa quelques mots dont Sam ne saisit que des bribes :

– … exécuter… maintenant… pas importuner… vizir.

Ce murmure ! Cette manière de chuchoter ! Sam n'en revenait pas ! C'était l'une des deux voix qu'il avait entendues dans le caveau de Setni ! Celle qui répondait de façon servile et qui donnait du « maître » à tout bout de champ ! Le chef des gardes faisait partie du complot ! Voilà pourquoi il voulait se débarrasser de Sam !

– C'est… c'est lui ! balbutia-t-il. Il était dans la tombe ! C'est sa voix, je la reconnais !

Mekhnat lui assena une gifle sonore.

– Sale petit menteur ! éructa-t-il. Il va falloir inventer autre chose ! Emmenez-le dans les geôles et mettez-lui les fers ! Tout de suite !

Ahmousis fit un pas vers Sam en levant la main, comme un arbitre qui siffle une faute.

– Pas si vite, Mekhnat. Je suis le prêtre de Pharaon, et c'est à moi d'en décider…

– Tu ne vas tout de même pas croire le baratin de ce macaque ?

– Prête-moi ta torche, Mekhnat.

Ahmousis approcha le flambeau du visage de Sam et l'examina minutieusement. Puis il s'adressa aux gardes :

– Continuez la fouille du palais, soldats, celui que nous recherchons doit encore se cacher quelque part. Quant à ce garçon, vous pouvez le relâcher : je le connais et je réponds de lui.

Samuel vécut les heures suivantes dans un état d'ahurissement avancé. Il avait eu si peur ! Les événements s'étaient enchaînés si vite ! Il avait réellement cru que tout était perdu… Et qu'avait voulu dire Ahmousis en prétendant qu'il le connaissait ?

Après l'altercation avec Mekhnat, Sam avait été conduit dans l'une des pièces réservées aux prêtres dans l'aile ouest du palais. Elle comportait un lit avec un repose-tête, une banquette aux pieds en pattes de lion, deux sièges simples type tabouret, une table encombrée de papyrus et plusieurs coffres. Un gardien avec un glaive en défendait l'accès et, par la minuscule fenêtre en hauteur, Sam pouvait voir le soleil darder ses premiers rayons.

Quel sort lui réservait-on ?

Enfin, Ahmousis entra. Il était toujours en pagne mais avait jeté un châle blanc sur ses épaules. Son regard semblait d'autant plus pénétrant que ses sourcils étaient rasés et ses yeux soulignés de noir. Il mesurait un bon mètre soixante-quinze, le corps plutôt athlétique, sans dédaigner pour autant une certaine coquetterie : il portait des bagues énormes à ses deux mains.

– Assieds-toi, je t'en prie. Le temps a dû te paraître long, n'est-ce pas ? Je m'en excuse, il m'a fallu régler quelques problèmes.

– Vous l'avez arrêté ?

– L'archer ? Non. Mais j'ai idée que cela ne tardera plus.

– Vous savez qui il est, alors ?

– Peut-être… Mekhnat a disparu.

– Mekhnat a disparu ?

– Il n'a pas fait l'appel de la huitième heure… Il était censé réunir la garde pour discuter des recherches, mais à la surprise de tous, il n'était pas là.

– Vous pensez que Mekhnat aurait lui-même tiré les flèches ?

– Non, le risque était trop important. Mais l'un de ses hommes aussi a déserté. J'en déduis que Mekhnat a dû le soudoyer pour qu'il m'assassine.

Ahmousis rapportait tout cela avec un air tranquille et bienveillant.

– Quand je les ai entendus, fit remarquer Sam, il y avait quelqu'un d'autre dans la tombe. Mekhnat l'appelait « maître », comme s'il était son supérieur.

– En effet. D'ailleurs, je me demandais bien pourquoi ils tenaient tous les deux à m'accompagner…

Samuel ne suivait plus.

– Pardon ?

– Mon cousin Khamosis… Il est scribe à l'Institution. Lui et Mekhnat ont insisté l'autre jour pour venir inspecter la tombe de mon père. D'après eux, les ouvriers n'étaient pas sûrs et ils auraient pu s'en prendre à moi. Je comprends mieux, désormais.

Le scribe ! La deuxième voix appartenait au scribe ! C'est lui qui donnait les ordres à Mekhnat ! Lui qui avait commandité le meurtre d'Ahmousis !

– Mais s'il est votre cousin… objecta Sam, pour quelle raison aurait-il projeté de vous tuer ?

Le prêtre sourit.

– Pour les mêmes raisons, probablement, qui font que tu es ici.

Samuel rougit jusqu'aux oreilles.

– Je… je ne vois pas ce que…

– Ne t'inquiète pas, mon garçon, fit Ahmousis en lui tapotant le genou, tout cela reste entre nous. Mon père m'a parlé de toi.

Dans un dessin animé, Sam serait tombé à la renverse, avec un paquet d'étoiles tournoyantes au-dessus de la tête.

– Mais c'est impossible !

– Ne crois pas cela. Setni n'était pas un homme ordinaire. Il a été l'un des plus grands prêtres d'Amon et le conseiller le plus écouté de trois pharaons successifs. Il semblait…

Le ton d'Ahmousis était empreint de tristesse :

– Il semblait capable de voir ce que personne d'autre ne voyait. De comprendre des gens que personne d'autre ne comprenait. Des fois, il… il s'absentait. Il disparaissait un matin et… on le voyait revenir un soir ou quelques jours après, ou une décade, à l'occasion. Il rapportait des objets curieux, que l'on ne fabrique nulle part, ou dans des pays si lointains qu'on en ignore le nom. Il n'expliquait jamais à quoi il avait passé son temps, s'il avait voyagé ou simplement croisé des caravanes de marchands. C'était son secret.

Samuel ne pouvait s'empêcher de faire le rapprochement avec son père. Son cœur se serra douloureusement.

– Vous… vous n'avez pas été tenté de découvrir ce secret ?

– Si, bien sûr ! Mais il était plus malin que moi ! Lorsque j'ai eu quinze ans, nous sommes montés au sommet de la colline d'Occident, là où se tient la déesse Méresger. « Vois-tu, m'a-t-il dit en me désignant la ville et le fleuve à nos pieds, là est la vraie vie. Là et uniquement là… Je sais que tu voudrais me suivre, Ahmousis. Je te demande de ne pas le faire. Il y a trop de périls et de tentations, trop de malheurs et de tristes rencontres. Prends une femme, Ahmousis, marie-toi, fais des enfants, regarde-les grandir. Sers tes dieux et ton pharaon, chéris ceux qui t'entourent. Rien d'autre ne le mérite, rien d'autre n'en vaut la peine. Si tu savais le centième de ce que je sais, Ahmousis, plus rien pour toi n'aurait de sens. Ni le passé ni l'avenir… Il ne te resterait comme à moi qu'un présent de poussière, un goût d'amertume et d'échec infini. Et ce n'est pas cela que je veux pour mon fils. »

Le prêtre haussa les épaules.

– Je t'avoue qu'à l'époque tous ces mots m'ont semblé bien étranges. Mais il y avait tant de gravité dans sa voix, tant d'accablement dans ses yeux, que j'ai préféré écouter son conseil.

Samuel était fasciné. C'était comme si, après avoir marché interminablement dans le noir, après avoir trébuché et s'être heurté à des murs invisibles, il entrevoyait de très loin une lumière. Une lumière tremblante et fragile, mais une lumière… Il se sentait moins seul.

– Vous avez laissé entendre tout à l'heure qu'il me connaissait ?

Ahmousis opina du chef :

– Oui. Il y a environ deux ans de cela, il m'a dit que tu allais venir.

– Que… que j'allais venir ?

– « Un garçon à la peau claire, a-t-il précisé. Quatorze ans, les cheveux bruns, les yeux bleus et les traits assez fins, l'air buté mais volontaire. Il te donnera l'impression de ne pas savoir où il est, a-t-il ajouté. Ni peut-être *qui* il est… Il faudra cependant que tu l'aides car, à sa façon, il m'a aidé. »

Samuel n'imaginait pas franchir un degré supplémentaire dans l'état de stupéfaction où il se trouvait. Erreur…

– Je l'ai aidé, moi ? Mais il a dû se tromper ! Jamais je ne l'ai rencontré !

– Et pourtant, tu es là, non ? Il m'a expliqué aussi que je ne te verrais qu'après sa mort. Or, il a quitté ce monde voilà soixante-huit jours exactement... Les funérailles auront lieu après-demain.

Sam avait besoin en urgence de quelque chose de concret à quoi se raccrocher ou, sinon, il allait s'effondrer de l'intérieur.

– Et... et vous allez m'aider ?

Le prêtre se leva et se dirigea vers le plus gros des coffres. Il l'ouvrit, en sortit une amphore et deux gobelets en terre cuite.

– J'ai là une bière douce au miel. Il te plairait d'y goûter ?

Samuel fit oui de la tête. Il prit le gobelet qu'on lui tendait et trempa ses lèvres dans un breuvage amer et sucré à la fois, légèrement pétillant sur la langue. Pas mauvais du tout.

– Quand j'étais petit, reprit Ahmousis en se rasseyant, il y avait une pièce dans la maison où personne n'avait le droit d'entrer. Mon père y rangeait les fameux objets dont je t'ai parlé. Ceux de ses voyages... À la longue, certaines rumeurs ont fini par se répandre. Du fait des domestiques, je suppose. On s'est mis à raconter que Setni possédait des objets magiques, aux pouvoirs très puissants. Si tu veux mon avis, ce sont ces objets-là qui intéressent mon cousin le scribe. Si j'étais mort cette nuit, sans doute aurait-il pu espérer les récupérer. Khamosis a toujours été jaloux et avide de gloire...

Il but une gorgée de bière avec une grimace amusée.

– Malheureusement pour lui, il aurait été déçu !

– Vous voulez dire que ces objets n'existent pas ?

– Qu'ils n'existent plus ! Mon père les a presque tous détruits avant de mourir. Il se doutait bien que ces rumeurs attiseraient les convoitises. Il ne voulait pas que l'on profane sa maison ou son tombeau pour les lui prendre. Il n'avait pas tort.

– Mais alors, fit Samuel de nouveau inquiet, comment allez-vous pouvoir m'aider ?

– Setni m'a confié ceci pour toi.

Lentement, Ahmousis retira l'une des grosses bagues qu'il arborait à sa main droite. C'était un anneau en or, surmonté d'un scarabée rond et translucide aux reflets ambrés, qui portait sur son dos une perle rouge.

– Sais-tu ce que représente chez nous le scarabée ? Il signifie à la fois « être » et « devenir ». Tu as dû déjà en voir qui couraient sur le sol en roulant une boule d'herbe devant eux, je présume ? Le scarabée est aussi celui qui se déplace et celui qui transporte… Mon père m'a fait jurer de conserver ce bijou avec moi jusqu'à son enterrement. Il m'a assuré que, si tu étais bien le garçon auquel il pensait, tu saurais quoi en faire.

On frappa deux coups à la porte.

– Ahmousis ! cria une voix étouffée. L'envoyé du vizir vient d'être annoncé !

Le prêtre eut l'air contrarié.

– Pardonne-moi, il va falloir que je te laisse encore. Je n'en ai pas pour longtemps.

Il sortit promptement en laissant Sam avec la bague. Le jeune garçon tourna et retourna le scarabée en verre dans sa paume. « Celui qui se déplace et celui qui transporte… » Setni avait peut-être rencontré Sam dans ses rêves de grand prêtre, mais si c'était le cas, il ne lui avait pas laissé le mode d'emploi des scarabées… Un oubli regrettable !

Samuel vida d'un trait son gobelet de bière. La boisson lui procurait une agréable sensation de chaleur et avait tendance à calmer ses angoisses. Veiller, dans le futur, à ne pas devenir alcoolique, songea-t-il. Bon, cette bague… Le scarabée avait environ deux centimètres de diamètre. Il était tout plat, sa carapace et ses pattes délicatement gravées dans le verre. Quant à la perle rouge, elle formait une bosse parfaitement ronde et parfaitement lisse. De quoi Sam avait-il besoin pour retourner dans son monde ? D'un genre de pièce ou de médaille avec un trou au milieu. Le bijou était-il utilisable en l'état sur la pierre sculptée – qui se cachait sans doute quelque part dans le tombeau de Setni ? Non… Conclusion ? Il fallait séparer le scarabée de la perle et de l'anneau. Facile à dire ! Et si, en forçant, il explosait la jolie bague léguée à Ahmousis par son père vénéré ? Un risque à prendre. Ils étaient riches en plus, ils devaient avoir une bonne assurance ! Samuel ricana bêtement. Il ne tenait pas l'alcool, veiller à s'en souvenir…

Il chercha à dévisser l'anneau et, après quelques efforts, obtint une espèce de « clic ». L'anneau était en réalité emboîté dans la perle à travers le corps de l'insecte : les trois éléments se détachèrent sans problème. Le scarabée de verre avait désormais un magnifique trou au milieu et pouvait faire une pièce magique très convenable. Son billet de retour ! Car il allait rentrer !

À condition toutefois que les murs et le plafond arrêtent de tanguer…

– Je suis désolé, lâcha Sam.

Il était la proie d'une effroyable migraine, comme s'il avait passé douze heures la tête coincée dans une paire de tenailles. Le soleil lui piquait les yeux et ses jambes avançaient à peine.

– C'est ma faute, le rassura Ahmousis. Je n'aurais jamais dû t'offrir cette bière alors que tu avais le ventre vide.

Ils arrivaient devant le tombeau de Setni. À cette hauteur, le panorama était impressionnant sur la vallée du Nil. Le soleil se trouvait au zénith et écrasait de chaleur le petit village de Set-Maât. Sam pensa à Péneb, Nout, Didou et Biatou. Presque une famille pour lui… Il aurait aimé les revoir, mais Ahmousis ne disposait que de très peu de temps : le vizir l'avait convoqué pour le début d'après-midi. L'enquête avançait à grands pas, et la culpabilité de Mekhnat et du scribe ne faisait plus aucun doute. Ahmousis avait tenu cependant à accompagner Sam jusqu'ici.

– Tu songes aux ouvriers, Sem ? Tranquillise-toi, je parlerai pour eux au vizir. Si nécessaire, j'ai quelques réserves de grain. De quoi les faire patienter jusqu'à ce qu'on les ravitaille.

– C'est... c'est vraiment très gentil à vous. Je ne sais pas comment vous remercier.

– C'est moi qui te dois des remerciements, Sem. Tu as accompli ce que mon père avait souhaité pour toi : c'est comme s'il était encore un peu parmi nous.

Il lui donna l'accolade selon la coutume locale.

– Je te laisse continuer seul, maintenant. Il ne serait pas bon que j'en sache trop. Tel était aussi le désir de Setni.

Sam était partagé entre l'émotion et la crainte de repartir pour un monde inconnu.

– Il... il ne vous a vraiment rien appris d'autre ? Je veux dire... Je ne suis pas certain de revenir chez moi. J'aimerais tellement, oui, mais j'ignore comment m'y prendre.

Ahmousis le regarda avec un air de surprise. Puis il réfléchit avant de déclarer :

– J'en sais beaucoup moins que toi, Sem. Ou peut-être... Une fois, mon père est resté parti très longtemps. Des jours et des jours. Ma mère se demandait même s'il ne lui était pas arrivé malheur. Lorsqu'il a fini par rentrer, nous l'avons trouvé amaigri et fatigué. Il souriait, pourtant. Il nous a tous embrassés tendrement : « L'un d'entre vous a pensé à moi si fort, répétait-il, qu'il m'a guidé sur le chemin du retour. » Il ne s'est pas expliqué davantage, hélas ! Puisse Amon-Rê te montrer la voie à son tour...

Sam attrapa la torche qu'Ahmousis avait préparée et pénétra dans le tombeau de Setni. L'obscurité lui faisait du bien aux yeux. Il dévala les deux escaliers, parcourut les couloirs si merveilleusement ornés, évita le premier puits et parvint à l'échelle de corde. Là, il jeta sa torche par le trou et descendit jusqu'au fond de la salle. Elle était encore plus belle que les autres, entièrement décorée à la feuille d'or, avec de nombreuses représentations du dieu Thot. Des éléments de mobilier, chaises, tabourets, statuettes, paniers, jarres, étaient déjà installés pour accompagner le défunt lors de son dernier voyage.

Sam examina l'énorme bloc au milieu de la pièce, là où serait bientôt posé le sarcophage. À sa base, une borne était taillée dans la masse, avec un soleil et six rayons démesurément étirés qui pointaient vers le bas. La version égyptienne de la pierre sculptée… Sa respiration s'accéléra : il voulait en finir au plus vite. Il prit le scarabée dans sa main et le trouva presque tiède. Il l'approcha du disque solaire puis improvisa un semblant de prière :

– Pourvu que quelqu'un pense à moi ! Pourvu que quelqu'un pense à moi !

IX

Conseil de famille

Le feu cessa progressivement de lui brûler le corps et un cri strident retentit à quelques mètres de lui :

– Samuel ?

Il reconnut la poussière de ciment sous ses doigts et l'odeur caractéristique du vieux papier.

– Samuel ?

La cave… Il était de retour !

Une vague confuse d'émotion et d'écœurement mêlés lui monta à la tête. Il s'écroula sur le sol, toussant et pleurant à la fois.

– Sammy !

Une main se posa sur son épaule.

– Sammy !

C'était la main de Lili. Jamais, dans ses rêves les plus fous, il n'aurait imaginé être aussi content de revoir sa cousine !

– Lili ! C'est… c'est toi qui pensais à moi ? bredouilla-t-il entre deux hoquets.

– Sammy, comment es-tu… ?

Ses yeux étaient ronds de surprise et sa bouche formait un drôle de O.

– Sammy, comment es-tu… ?

Il avait aussi l'impression qu'elle recommençait deux fois chaque chose, ses questions et ses mimiques consternées.

– Ça va, Lili, je t'entends bien !

Elle l'aida à se relever et le soutint jusqu'au lit en répétant chacun de ses gestes – elle tendait le bras vers lui, puis le retirait, puis le retendait – et il fallut à Sam deux bonnes minutes pour réaliser qu'il était la proie d'une illusion : chaque mouvement lui parvenait doublé d'une sorte d'écho, comme un cri dans une pièce vide est renvoyé par les murs. Ses sauts dans le temps avaient dû altérer sa perception des choses, d'où ce sentiment de répétition et de « déjà-vu ».

Après s'être assis un moment, cependant, l'effet parut s'estomper. Lili était à ses genoux et l'observait, la mine défaite :

– Mais enfin, Sammy, tu étais où ? Tu es arrivé comment ? Il n'y avait personne ici, j'étais toute seule !

Sam se frotta le visage pour s'assurer qu'il ne rêvait pas. Mais non : la cave, le lit de camp, la veilleuse… Il se rendit compte au passage qu'il était toujours en pagne et que son jean et son tee-shirt *d'avant* étaient pliés sur l'oreiller. Il ne comprenait rien sinon qu'il était bien de retour chez lui.

– Quel… quel jour on est ?

– Dimanche, fit Lili en regardant sa montre. Dimanche 6 juin exactement, à 17 h 12.

Dimanche ! Un jour seulement après samedi ! Alors qu'il était parti au moins une semaine !

– Tu vas finir par m'expliquer, Sammy, oui ou non ? Tout le monde te cherche depuis hier soir ! Grand Ma' est dans tous ses états ! Même la police est prévenue ! On a cru que tu avais fait une fugue ou je ne sais quoi !

– La police… articula Sam. Et papa ?

Lili hésita avant de répondre.

– Aucune nouvelle de ton père, avoua-t-elle finalement. Bon, si tu veux, repose-toi ici, je vais appeler Grand Ma', elle va nous prendre en voiture et…

– Non, Lili, attends. Pas Grand Ma'… Pas la police… Écoute-moi, d'abord.

Et il se mit à lui raconter. Un flot de paroles, irrépressible, comme un torrent trop longtemps contenu qui déborde. Il parlait, il parlait, sans s'arrêter… Comment il avait déniché la pierre sculptée derrière la tapisserie, comment elle l'avait conduit à Iona, sa découverte du monastère, les Vikings, sa fuite, le village détruit de Fleury, les bombardements, le caporal Chartrel, comment il s'était retrouvé ensuite dans le tombeau de Setni, le village de Set-Maât, le Palais des millions d'années, etc.

Lili le regardait bouche bée en poussant parfois des exclamations stupéfaites – « des hiéroglyphes ? » – ou enthousiastes – « trop cool ! ».

Ce qui réconfortait plutôt Sam, c'est qu'elle n'avait pas l'air de le prendre pour un halluciné total.

– Le Palais des millions d'années, tu dis ? demanda-t-elle lorsqu'il eut fini. Tu as lu ça ?

Elle lui montra le gros livre rouge à couverture épaisse qu'il avait remarqué la veille au pied du lit.

– Là, ajouta-t-elle.

Le livre était ouvert à un chapitre intitulé : « Thèbes, la ville aux cent portes ». Une gravure un peu vieillotte représentait le temple de Ramsès – Ramsès III, apprit Samuel à cette occasion –

tel qu'on devait le visiter au début du siècle dernier : en ruine, en partie enfoncé dans les sables, son enceinte gigantesque et ses colonnes comme désossées après trois mille ans d'abandon.

– J'y étais, soupira Sam… J'y étais ! Tu me crois ?

Lili le fixa intensément :

– Je ne sais pas où tu aurais pu dégoter un short et des sandales aussi tendance ! Tous tes habits étaient par terre, là-bas, c'est moi qui les ai mis sur le lit. Et il y avait cette pièce…

Elle lui tendit la pièce trouée avec les inscriptions arabes, celle qui avait rendu possible son premier voyage.

– Elle était près de la pierre sculptée, comme tu l'appelles…

Samuel hocha lentement la tête. Trop d'émotions contradictoires l'assaillaient.

– Tu me crois, alors ?

– Évidemment que je te crois, Sammy ! Je suis ta cousine, non ? Et puis tu n'as pas tout vu ! Tiens !

Elle tourna rapidement les pages du livre rouge sous son nez : 70, 72, 74… *Toutes les doubles pages étaient semblables !* Cent fois, deux cents fois « Thèbes, la ville aux cent portes » ! La même gravure du Temple des millions d'années, le même texte sur Ramsès III ! Comme une spectaculaire erreur d'imprimerie !

– Mais… mais il n'y avait pas ça hier ! s'écria Sam. Quand je l'ai ouvert, ça parlait d'un certain Vlad Tepes, un tyran sanguinaire de Malachie ou de Valachie, je ne me souviens plus.

– *Tout* le livre ?

– Non, enfin… je ne sais pas. Je n'ai regardé qu'une seule page.

– Alors tu ne peux pas affirmer qu'elles n'étaient pas toutes identiques, hier aussi ?

– Je n'ai pas fait très attention, je venais de découvrir la réserve et… Et toi, songea-t-il soudain, comment se fait-il que tu sois venue ici ?

Lili eut une moue un peu supérieure – assez conforme à la Lili qu'il connaissait – et ramena ses cheveux en arrière d'un geste négligent.

– Grand Pa' a averti les policiers ce matin et il a dû les accompagner à la librairie. Les clés étaient encore sur la porte et ton sac devant les escaliers. Ils ont supposé que tu avais fugué ou que tu étais parti chez un copain. Moi, ça m'a semblé bizarre, vu que des copains tu n'en as pas trop et que, si tu avais voulu t'enfuir, tu n'aurais pas abandonné ton sac ni laissé la librairie ouverte… Quant à un enlèvement, j'imagine que les ravisseurs en auraient profité davantage : il y a plein de vieux bouquins qui valent de l'argent, ici. Or, rien n'a été volé à ce qu'il paraît. Je me suis donc dit que, d'une manière ou d'une autre, tu étais toujours dans la maison. Et comme ton sac était du côté de la cave, j'ai pensé qu'il fallait commencer par là.

Samuel ne put retenir un sifflement admiratif :

– Ffiou !

– Le truc, c'est que ma mère est rentrée avec mon beau-père hier soir et que cet imbécile a insisté pour passer la nuit chez Grand Ma'. Soi-disant que monsieur je-suis-plus-malin-que-tout-le-monde voulait « nous épauler dans ces moments difficiles puisqu'on est une vraie famille ». Comme si on avait besoin de lui ! gronda-t-elle. Bref, je n'avais aucune intention de l'écouter faire le beau toute la journée avec maman en train d'applaudir derrière… J'ai dit que j'allais chez Jennifer cet après-midi, j'ai récupéré tes clés et je suis allée me rendre compte par moi-même.

Là, elle lui en bouchait un coin !

– Tu as fait ça pour moi !

– Pour toi, pour toi, se défendit-elle, n'exagérons rien ! Pour les grands-parents, surtout ! Si tu voyais l'ambiance à la maison ! D'ailleurs, fit-elle en consultant sa montre, on ferait mieux de rentrer. Les policiers viendront examiner la pierre demain et ils finiront bien par comprendre.

– Certainement pas ! déclara Sam. Si tu envoies une équipe de police ici, ils vont tout confisquer, la pièce, le livre, et ils emmèneront la pierre pour l'analyser dans leur laboratoire. Mon père ne pourra jamais revenir.

– Quoi ?

– Voyons, Lili, tu n'as pas compris ? C'est mon père qui a installé tout ça… C'est là-bas qu'il est parti, vers je ne sais quelle époque ! Si par hasard quelqu'un abîme la pierre ou l'enlève, il restera bloqué à des siècles d'ici ! C'est pour cela qu'il l'avait si bien cachée !

– Tu crois ?

– Évidemment ! Il ne faut en parler sous aucun prétexte !

– Même pas à Grand Pa' ou à Grand Ma' ?

– Ça ne ferait que les affoler un peu plus. D'autant que personne ne peut l'aider. Je veux dire ici, dans notre temps… Il faut attendre qu'il revienne et surtout ne pas toucher à la pierre. C'est une question de vie ou de mort, tu m'entends ?

Son ton était véhément et Lili eut un mouvement de recul. Une musique enjouée résonna à cet instant de l'autre côté de la tenture : la musique du *Garçon de la plage*, revue et corrigée à la sauce portable.

– C'est pour moi !

Lili se précipita vers la porte et Samuel la suivit. Elle récupéra dans son sac rose un téléphone flambant neuf qui clignotait tout ce qu'il savait.

– Allô ? Oui… Oui, maman. Non, je… je suis toujours chez

Jennifer, là. Oui, ne t'inquiète pas, je reviens… Dans vingt minutes ? D'accord…

– C'est joli, comme sonnerie, railla Sam.

Lili haussa les épaules.

– Je ne te demande pas d'aimer. Mon beau-père m'a ramené un nouveau portable de Singapour. Le top du top à ce qu'il paraît : Internet, appareil photo, jeux en couleurs… Mais s'il espère m'acheter avec ses gadgets, il peut toujours courir !

– Et ta mère ?

– Elle veut que je rentre. Qu'est-ce qu'on va leur dire ?

– Qu'on s'est juste croisés devant la maison.

– Mais… toi ?

– J'inventerai n'importe quoi. Ça ne peut pas être pire que les Vikings, non ?

Il soupesa le sac de Lili.

– Tu crois qu'on peut mettre le livre dedans ?

Incroyable le goût des gâteaux roulés au fromage ! Et les cacahuètes… Et le soda ! Il n'avait pas bu de soda depuis une éternité ! Bien meilleur que la bière !

– On dirait que tu n'as rien mangé de la journée, sourit Grand Ma' en reniflant.

Elle était assise sur la chaise à côté de lui et ne pouvait s'empêcher de passer un bras autour de ses épaules.

– Nous avons eu si peur !

– C'est vrai que tu aurais pu prévenir, renchérit tante Evelyn, la bouche pincée. Tu te rends compte du souci que tu as causé à tes grands-parents ?

Samuel gardait la tête baissée et engloutissait sans un mot les roulés au fromage si croustillants et les cacahuètes si délicieusement salées. Les vertus du silence !

Autour de la table, il y avait aussi Grand Pa', les yeux perdus au plafond, et Rudolf, le beau-père de Lili. Beau-père était d'ailleurs un bien grand mot, car lui et Evelyn n'étaient pas mariés. Ils se fréquentaient depuis quelques années, d'abord très discrètement puis plus officiellement depuis sept ou huit mois. Sam n'aimait pas beaucoup tante Evelyn. Du temps où ils habitaient la grande maison de Bel-Air, elle venait assez souvent, surtout pour se plaindre et pour pleurnicher. Sam avait le souvenir de discussions pénibles où elle s'apitoyait sur son sort et reprochait à son frère Allan de ne pas comprendre combien il était difficile d'élever une enfant toute seule. Ensuite, Evelyn avait rencontré Rudolf et elle avait changé : elle pleurait moins mais elle criait plus. Lorsque son frère avait perdu sa femme, elle s'était même mise à lui faire la leçon : tu ne devrais pas vendre la maison de Bel-Air, tu ne devrais pas acheter une librairie, tu ne devrais pas t'habiller en noir, tu ne devrais pas changer ton fils d'école, tu ne devrais pas le mettre au judo mais au hockey, etc.

Quant à Rudolf, on ne le voyait jamais. Il avait une affaire d'import-export et voyageait d'un continent à l'autre. Il gagnait aussi beaucoup d'argent et ne ratait aucune occasion d'offrir à Lili les jouets les plus chers. Sans réussir à l'amadouer, cependant : Lili le considérait comme un crétin prétentieux qui lui volait sa mère en l'emmenant aux quatre coins du monde. Samuel, quant à lui, n'avait pas d'opinion arrêtée : c'était la première fois qu'il était assis autour d'une table avec Rudolf.

– Et qu'est-ce que tu as fabriqué pendant ces deux jours ? attaqua tante Evelyn.

– Je me suis promené, répondit Sam.

– Tu t'es promené ? Non mais tu te moques de qui ? Ta grand-mère était là à se ronger les sangs et toi tu t'es promené ?

– Ne sois pas si dure, intervint Grand Ma'. Tu sais bien que Sammy est un peu déboussolé ces temps-ci. Allan n'a pas donné de nouvelles depuis dix jours et ce n'est pas facile pour lui.

– Ça, lâcha Evelyn avec un rictus plein de sous-entendus, si on m'avait écoutée, on l'aurait forcé à voir un psychiatre il y a déjà un moment. Ce n'est pas normal de vivre comme un ours au milieu de ses bouquins en ressassant ses vieux souvenirs. Comment veux-tu que Samuel ne file pas un mauvais coton, après ça ?

Le Samuel en question décida de ne pas relever. En réalité, il se moquait pas mal de tante Evelyn. Le paquet de cacahuètes, par contre…

– Et tu as dormi où ? reprit Evelyn.

– À la gare, mentit Sam.

– À la gare ? Mais tu aurais pu te faire agresser !

– Il y avait un train dont les portes fermaient mal au dépôt. Je me suis glissé dedans.

– Un train comment ? demanda Rudolf sur un ton détaché.

Samuel le regarda. Il était plus vieux qu'Evelyn d'une dizaine d'années, les tempes grisonnantes, la mâchoire carrée, l'allure parfaite du businessman hyper bronzé, costume et montre à dix fois le salaire d'un ouvrier. Plus ennuyeux, surtout, il n'avait pas l'air de croire à la version de Sam.

– Un train normal, avec des sièges et des fenêtres, rétorqua-t-il.

– Au dépôt, hein ? Il me semble pourtant que la municipalité le fait garder, le dépôt… Il y a eu des dégradations l'année dernière. Tu n'as pas eu peur des chiens ?

– J'ai toujours rêvé d'en avoir, lança Sam avec une pointe de défi.

– Non mais, vous entendez cet insolent ? s'énerva Evelyn. Vous entendez comme il parle à Rudolf ? Voilà où ça mène de ne pas tenir son fils !

– Laisse, ma chérie, fit Rudolf, grand seigneur, ce n'est pas sa faute. Ce qu'il lui faudrait, c'est plus de rigueur, plus d'autorité. Allan n'a jamais songé à la pension ? J'en connais une excellente aux États-Unis qui accueille des enfants difficiles ou un peu perdus. Ils vous les redressent en deux ans à peine et croyez-moi, après, ils marchent droit.

Sam se leva bruyamment de sa chaise.

– Excusez-moi, je vais me coucher. Les sièges de train, ce n'est pas très confortable pour dormir.

Rudolf lui saisit le poignet au passage et examina les marques sur son bras.

– Une forte tête, notre Sammy, hein ? s'exclama-t-il. Et ces griffures, là, tu t'es battu ?

Samuel se dégagea sèchement. Il lui aurait bien craché qu'il s'était éraflé dans les buissons du temple de Ramsès, mais il n'était pas sûr que Rudolf apprécie.

– Il y avait un chat dans le wagon, lâcha-t-il.

Rudolf ne le quittait pas des yeux et Sam put lire dans son regard quelque chose d'hostile. Ce type n'était pas seulement un crétin prétentieux, c'était aussi un crétin dangereux.

– Tu ne prendrais pas de la drogue, Sammy, par hasard ? demanda-t-il. Parce que si c'était le cas, ça expliquerait bien des choses…

– C'est gentil de vous intéresser à moi, Rudolf. Mais rassurez-vous, j'ai déjà un père pour ça.

Il sortit de la pièce dans un silence électrique. À peine avait-il rejoint sa chambre à l'étage qu'Evelyn s'indignait à nouveau :

– Non mais, papa, tu as vu ce culot ? Et tu ne dis rien ? Ce gamin doit avoir une influence détestable sur Lili !

– Ma pauvre Evelyn, soupira Grand Pa' sans indulgence, tu ne comprendras jamais rien aux enfants.

Samuel claqua la porte pour ne pas entendre la suite. Même si, au fond, ce que racontait tante Evelyn lui importait peu : il y avait plus grave.

Il hésita à se coucher sur-le-champ – il tombait de fatigue – mais attrapa finalement l'album de Linkin Park et se planta le casque sur les oreilles devant son ordinateur. En d'autres circonstances, il se serait connecté à son serveur favori sur Internet pour jouer en ligne à *Counter Strike*. Une petite heure à tirer partout sur des hordes de terroristes, rien de plus reposant... Mais ce soir-là, il n'avait pas envie de jouer. Non, il sentait plutôt un besoin pressant de renouer le fil avec ces mondes qu'il avait quittés. S'assurer qu'il en subsistait des traces, qu'ils avaient été un jour bien réels et pas seulement le produit de son imagination.

Il tapa « Thèbes » sur son moteur de recherche, puis « Setni », puis « Ahmousis ». Des photos s'affichèrent, celles de la ville aujourd'hui, des vestiges des palais sur la rive occidentale du Nil, du village des ouvriers en ruine – c'était à pleurer –, de la falaise ocre parsemée de tombeaux. Sur Setni et Ahmousis, il ne trouva rien de définitif, sinon une vieille légende égyptienne : d'après la tradition, Setni était un sorcier qui avait un jour volé le Grand Livre de Magie du dieu Thot, déclenchant du même coup une série de drames. S'agissait-il du même Setni ? Le rapprochement était tentant, bien sûr.

Il entra ensuite « fort de Souville + Première Guerre mondiale » et trouva un résumé très complet de la bataille de Verdun en 1916. Les combats avaient fait rage dans la région durant des mois, causant des centaines de milliers de morts. Quant au hameau de Fleury, il avait été l'un des lieux les plus disputés du front avant d'être purement et simplement rayé de la carte. Samuel frissonna : Internet, à sa manière, était aussi une machine à remonter le temps.

Mais c'est en arrivant sur les sites consacrés à l'île d'Iona qu'il eut le plus grand choc. Après avoir tâtonné un peu pour reconstituer l'histoire de Colum-Chill, il tomba sur des images de l'île exactement telle qu'il l'avait connue : la lande, les murets de pierre, le ciel changeant… Plus encore, en cliquant sur une suite de liens spécialisés, il obtint d'extraordinaires images du recueil d'Évangiles que lui avait montré l'Étiré dans le scriptorium ! La même écriture, les mêmes figures, les mêmes couleurs ! En lisant le texte qui accompagnait les reproductions, Samuel se mit à pleurer pour de bon : « L'une des hypothèses, avançait le commentaire, est que ce manuscrit, l'un des plus beaux qui nous soient parvenus du Moyen Âge, a été commencé vers l'an 800 par les moines de l'abbaye d'Iona. Après une attaque destructrice des Vikings, il aurait été miraculeusement sauvé et transporté en Irlande où d'autres moines l'ont achevé. »

Samuel ne pouvait se retenir de rire et de sangloter à la fois. Le miracle, c'était lui !

X

Revue de presse

Heureusement que les vacances approchaient : après une seule journée de cours, Samuel n'en pouvait déjà plus. Les ennuis avaient commencé dès 7 h 30 lorsqu'il s'était rendu compte que la tartine d'exercices de maths qu'il n'avait cessé de repousser la semaine précédente était à finir pour ce lundi. Il avait vaguement prévu de s'y coller le dimanche, mais là où il avait passé le week-end, on ignorait la calculette…

Or, Mme Cubert était dotée d'un sixième sens pour ce genre de choses. Elle avait d'abord considéré la classe dans son ensemble, le nez en l'air comme un chien à l'affût – elle reniflait l'odeur du devoir négligé –, puis, sûre de son fait, avait pointé le doigt vers Sam :

– Monsieur Faulkner, venez nous démontrer, s'il vous plaît, combien la régularité dans l'effort est le fondement de tout progrès mathématique.

Elle était coutumière de ces formules obscures qui vous

faisaient hésiter entre rester immobile sur votre chaise ou vous précipiter séance tenante au tableau. Apparemment, pour Sam, c'était le tableau. Il se leva sans entrain.

– Vous ne prenez pas vos feuilles, Faulkner ? Serait-ce du courage ou de la témérité ?

Il attrapa une page à moitié griffonnée de son classeur pendant que Harold, son voisin, lui glissait :

– On t'envoie l'ambulance, Sam. T'inquiète pas, je préviens ta famille !

Il passa effectivement l'un des plus sales quarts d'heure de son existence, à se battre craie à la main contre une série d'équations embrouillées et contre les flots de postillons que lui déversait la vociférante Mme Cubert. Avec un casque à visière et une épée d'un mètre cinquante, elle aurait fait un excellent Viking. Toujours est-il qu'après avoir démontré surtout l'étendue de son ignorance, Samuel se rassit avec un D en poche et trois exercices supplémentaires.

À la récréation, Harold le prit à part :

– Alors, ton père est revenu ?

– Non, fit Sam en serrant les mâchoires.

Il brûlait d'envie de tout lui raconter, mais une petite alarme se déclencha dans son cerveau : « Si tu fais ça, tu sais ce qui risque d'arriver… Et si Harold ne te croit pas, tu te taperas la honte au moins jusqu'à la fin de l'année. C'est ça que tu veux ? » Une fois encore, contraint et forcé, il s'en remit aux vertus du silence. De toute façon, Harold était déjà lancé sur un autre sujet :

– Tu n'as pas pu venir à la soirée de Maddy, samedi ?

– Euh, non…

– Elle m'a demandé si tu étais malade…

– Ah…

Maddy était une fille de la classe qui lui tournait autour

depuis le début de l'année. Samuel la trouvait plutôt jolie et sympa mais, comment dire… il ne l'aimait pas. Pour être franc, il avait même un problème avec ça. Du temps où il habitait le quartier de Bel-Air, il était raide dingue d'Alicia Todds, sa petite voisine. À l'époque – ils avaient dix ou onze ans – ils étaient toujours fourrés ensemble et partaient à l'occasion en vacances dans la maison que les Todds possédaient au bord de la mer. Alicia était une ravissante blonde aux grands yeux bleus, à la peau très claire et à la bouche rieuse, qui se demandait toujours quel tour pendable elle pouvait jouer à ceux qui l'entouraient. C'est ainsi qu'un livreur de pizzas s'était présenté un jour à la porte du vieux – et ronchon – M. Roger, avec sept « anchois/lardons », sept « double-fromage/chorizo » et sept cannettes de bière qu'il n'avait jamais commandées. Alicia avait immortalisé l'instant avec son appareil jetable, ce qui lui avait valu un peu plus tard – la photo ayant été découverte – de devoir aller s'excuser le plus platement du monde devant tous les serveurs de la pizzeria de Bel-Air. Où elle avait quand même réussi à se faire offrir une glace par le patron, car on ne résistait pas au charme d'Alicia Todds…

Lorsque la mère de Sam était morte, hélas ! tout avait basculé. Samuel s'était brusquement replié sur lui-même et avait presque refusé de parler à Alicia. Comme si la page des bons moments était tournée et que tout nouveau bonheur eût été une insulte à la mémoire de sa mère. Rien ne devait le distraire de son immense chagrin… Plus de goûters, donc, plus de retours complices de l'école, plus de batailles d'oreillers le samedi soir, plus de séjours au bord de la mer. Plus rien. Dans les mois qui avaient suivi, les Faulkner avaient déménagé, Sam avait changé d'établissement scolaire et Alicia était sortie de sa vie.

Mais pas de son cœur.

Combien de fois avait-il eu le désir de retourner à Bel-Air? D'aller frapper chez elle, lui dire à quel point il se sentait coupable, qu'il s'en voulait de l'avoir fait souffrir? Mais il n'avait jamais osé. Qui plus est, près de trois années s'étaient écoulées… De temps en temps, Samuel apercevait Alicia au centre-ville. Elle était devenue une vraie jeune fille: fine, élancée, ses longs cheveux blonds qui encadraient son doux visage, élégante, la démarche féline… Autant de coups de poignard pour lui. À deux ou trois reprises, Sam avait composé le numéro des Todds, mais il n'avait pas eu le courage de laisser sonner. Si parfois elle se souvenait encore de lui, elle devait probablement le maudire. Et puis, elle était tellement différente, maintenant!

– Samuel, tu m'écoutes?

– Hein?

– Je te dis que comme tu n'étais pas là, Simon est sorti avec Maddy…

– Ah?

La fin de la récréation dispensa Sam d'expliquer à Harold pour quelle raison il avait la tête ailleurs. Maverick, le professeur de sciences, s'employa cependant à la lui remettre très rapidement sur les épaules: il rendait le dernier contrôle de l'année auquel Sam n'avait obtenu qu'un médiocre C-. Ses chances de passage dans la classe supérieure étaient-elles compromises? Il pouvait le craindre. Depuis dix jours que son père avait disparu, il n'avait pas beaucoup travaillé, et l'addition lui arrivait maintenant sous la forme d'une brochette de notes pas très fameuses. Et sans possibilité de se rattraper, évidemment.

Du coin de l'œil, il avisa Maddy et Simon qui, à deux rangs de là, se donnaient discrètement la main sous la table. Maddy et Simon… La soirée de samedi… De manière incompréhensible,

Sam sentit monter une bouffée de jalousie : ces choses-là ne lui arrivaient jamais à lui !

Sans réfléchir, il leva le doigt, histoire de se faire remarquer de Maddy.

– Excusez-moi, monsieur, je peux vous poser une question ? Ça n'a pas vraiment de rapport avec le cours, mais...

Maverick regarda sa montre pour évaluer le temps qu'il pouvait consacrer à Sam sans trop empiéter sur sa leçon.

– Posez toujours, Faulkner.

– Est-ce qu'il est possible de remonter le temps ?

Tous les élèves observèrent Sam en se demandant quelle mouche l'avait piqué. Même Maddy lâcha la main de Simon.

– Eh bien, Faulkner, c'est une question intéressante... Et qui n'a en effet rien à voir avec le chapitre du jour !

Il plissa les yeux avec malice :

– Souhaiteriez-vous revenir une semaine en arrière pour recommencer votre devoir de sciences, Faulkner ? Il m'a semblé aussi qu'il aurait mérité plus de révisions de votre part !

Il y eut plusieurs rires.

– Pour aller vite, disons qu'en théorie remonter le temps n'est pas impossible. Au moins pour les particules... Imaginons que vous vous trouviez sur la Terre et votre voisin Harold sur Mars. Si vous lui envoyez un signal lumineux assez puissant à 11 heures du matin, il faudra vingt-cinq minutes environ pour que ce signal atteigne Mars. À 11 h 05, on pourra donc considérer que ce signal appartient à votre passé depuis cinq minutes alors qu'il fait toujours partie de l'avenir de votre voisin – qui, lui, devra attendre vingt minutes encore pour le recevoir. Ce qui nous montre au passage que le temps est une notion relative : le présent, le passé, le futur ne sont pas les mêmes pour chacun d'entre nous, en fonction de ce que nous sommes et de l'endroit où nous sommes. Bien. Supposons maintenant, Faulkner, que vous disposiez d'une fusée qui aille deux fois plus vite que votre signal lumineux. En décollant de la Terre à 11 h 05, vous avez de bonnes chances de rattraper votre signal vers 11 h 10. Autrement dit, à 11 h 10, *vous aurez rattrapé votre passé* ! Et d'une certaine manière, vous aurez remonté le temps… En tout cas, c'est le principe. Reste à construire la fusée capable d'aller plus vite que le signal lumineux, c'est-à-dire plus vite que la vitesse de la lumière elle-même. Qui est, comme vous le savez, la vitesse la plus élevée que nous connaissions dans l'univers. Pratiquement, l'expérience est donc impossible. Autrement dit, Faulkner, je crois que, faute de pouvoir retourner une semaine en arrière, il va falloir vous contenter de votre note !

Samuel approuva, même s'il n'avait pas tout saisi dans le détail. Surtout, il se garda d'avouer à Maverick que la fusée en question était dans la cave de la *Librairie ancienne Faulkner* et qu'elle ressemblait à un distributeur de cacahuètes préhistorique !

Après le repas, Samuel put goûter deux heures de répit grâce au cours d'arts plastiques de Mlle Delaunay. Enfin une matière où il se sentait à son aise, avec l'impression d'accomplir quelque chose qui lui correspondait vraiment… Dessiner un arbre sur la toile, sentir les feuilles remuer sous son fusain, voir l'écorce s'épaissir par petites touches sous son pinceau, les couleurs, molles et luisantes, donner vie soudain à la matière, voilà qui le remplissait de bonheur !

– Pas mal, Samuel, apprécia Mlle Delaunay. Ajoute une goutte de térébenthine, ta peinture sera plus facile à travailler. Mais tu es doué !

Le seul compliment de la journée, en fait.

L'heure suivante, le cours de littérature ne fut qu'une longue suite de remarques fastidieuses autour d'un poème franchement stupide. Samuel avait la tête comme un autocuiseur et priait pour qu'on en termine au plus vite – que le type du poème, par exemple, au lieu de pleurer à longueur de vers sur sa belle, aille se changer les idées au cinéma ou au bowling.

Lorsque enfin la cloche sonna, il empoigna son skate et se rua vers la sortie. De l'air, de l'oxygène ! Plus de mur, plus de fenêtre ! Plus de Simon, plus de Maddy !

Il se laissa filer le long du trottoir en direction de la station d'autobus, sans prêter attention aux quelques camarades qui le saluaient. Besoin d'être seul.

En tournant au grand carrefour, cependant, il fut pris de sueurs froides. Monk et deux de ses acolytes étaient appuyés sur le panneau qui marquait l'arrêt du bus. Samuel aurait voulu faire demi-tour, mais Monk était déjà sur lui.

– Faulkner ! aboya-t-il en bondissant avec une étonnante vivacité. Espèce de petite mauviette !

Sa main qui faisait deux fois celle de Sam se referma sur lui comme un étau.

– Je t'attendais, Faulkner !

– Tu mama… tu m'attendais ? bégaya Sam.

– Tu as mes vingt dollars ?

– Tes quoi ?

– Mes vingt dollars… Pour rembourser les circuits imprimés de l'autre jour ?

– Ah mais non, mais je…

Samuel guettait du coin de l'œil l'énorme poing de Monk qui s'était brutalement serré et donnait tous les signes de l'impatience. Ses deux comparses dévisageaient Sam avec délectation, attendant le moment où la masse de cartilages et de chair viendrait lui aplatir le nez.

– Alors comme je te l'ai dit l'autre jour, je vais me payer avec tes dents…

Aucun passant derrière ne faisait mine de bouger et ceux qui attendaient le bus étaient plongés dans leur journal.

– Monk ! se hasarda Sam. Tu… tu ne vas pas faire ça, n'est-ce pas ? Pense à la compétition de samedi ! Si maître Yaku apprend que tu m'as flanqué une rouste hors des tatamis…

– C'est toi qui irais lui raconter ? le défia Monk, plus menaçant encore.

– Non, mais admettons que je ne puisse pas y aller et que je sois forfait. À cause de… enfin tu comprends, un accident est vite arrivé ! Il me demandera des explications et… Tu sais ce qu'il répète, maître Yaku ? « Jamais de violence gratuite, toujours la maîtrise de soi ! Votre énergie, dépensez-la sur les tatamis ! »

Samuel n'était pas sûr que cela marche, mais il n'avait rien d'autre en magasin. Et puis Monk manifestait depuis toujours une admiration sans bornes pour maître Yaku.

– Sur les tatamis, hein ? firent ses deux grosses lèvres avec une légère hésitation.

Sa puissante poigne le relâcha d'un coup et une lueur rusée s'alluma dans son regard.

– OK, mauviette. On se donne rendez-vous samedi au tournoi. Je t'écrabouillerai comme un moustique devant tout le monde. Et t'as intérêt à y être ou sinon…

Il esquissa un geste qui signifiait qu'il le casserait en deux comme un bâton d'esquimau.

– Bien sûr que j'y serai ! répondit Sam sur un ton faussement enjoué. Je raterais ça pour rien au monde !

Monk lui rajusta son tee-shirt avec un empressement suspect, comme s'il tenait à garder sa victime intacte jusqu'au jour du sacrifice.

– Alors à samedi, Faulkner, et n'essaye pas de me rouler…
– Bien sûr, Monk !
Dans son for intérieur, Samuel se dit qu'il prendrait plutôt l'avion pour le Pôle.

– Ça ne va pas, Sam ? Tu es tout pâle…
Grand Pa' venait de s'asseoir en face de lui dans la cuisine alors qu'il mâchait sans enthousiasme son deuxième cookie.
– Si, si…
– Tu te fais du souci pour ton père, c'est ça ? C'est normal, mais je pense qu'il ne faut pas s'affoler trop vite. Ça lui est déjà arrivé de disparaître.
– Deux ou trois jours, objecta Sam, jamais douze !
– Je ne te parle pas de ces derniers temps. Je te parle d'avant, lorsque tu n'étais pas né…
Samuel avala tout rond sa dernière bouchée.
– Ça s'est produit aussi avant ma naissance ?
– Oui, il y a une vingtaine d'années, quand Allan était encore étudiant en histoire. Un été, il est parti trois mois pour un stage en Égypte. Avec un archéologue réputé, le professeur Chamblin, ou Chamberlain, je ne sais plus.
Grand Pa' s'efforça de sourire, comme s'il ne racontait là qu'une banale anecdote. Mais derrière, Sam devinait qu'il y avait autre chose. Des fouilles en Égypte, ça ne pouvait être une simple coïncidence…
– Tu sais que ton père a toujours été collectionneur : il a conservé tout un classeur, là-haut, avec des notes et des coupures de presse. J'avais moi-même découpé quelques articles, je crois.
– Là-haut ? Dans le grenier ?
– Oui, ta grand-mère a dû mettre ça dans une de ses fichues malles. Elle non plus elle ne jette rien !

– Et qu'est-ce qui s'est passé exactement ?

– Exactement, je serais bien en peine de te le dire. Sinon que durant les fouilles, ils ont fait certaines découvertes. Des tombes, des objets sacrés... Tu n'auras qu'à lire les articles si ça t'intéresse. Mais ce n'est pas le principal. Le principal, c'est qu'au début du séjour, ton père nous appelait régulièrement. Et puis, à un moment, il n'a plus donné signe de vie. Plus rien, du jour au lendemain ! Tu imagines l'angoisse de ta grand-mère ! Il pouvait lui être arrivé n'importe quoi ! Après bien des difficultés, j'ai réussi à obtenir le numéro du campement. Et là, on m'a appris qu'Allan avait disparu... Toute l'équipe était persuadée qu'il avait trouvé les fouilles trop dures et qu'il était reparti au pays. Pas tout seul, d'ailleurs, avec un autre garçon de son âge qui faisait aussi le stage. Sauf qu'Allan ne nous avait pas prévenus !

Comme souvent chez Grand Pa', son regard se perdit quelque part au plafond. En réalité, il se parlait à lui-même autant qu'à Sam :

– Ça a duré deux bonnes semaines, deux semaines terribles. Et puis un matin, Allan a téléphoné. Ses explications n'étaient pas claires, il prétendait qu'il avait voulu voyager dans le désert, que ce n'était pas toujours facile de nous appeler. Mais qu'il avait rejoint le stage pour la suite des fouilles. Et puis, cinq ou six jours après, rebelote, plus de nouvelles ! Pendant deux mois comme ça : une semaine il était là, une autre il disparaissait, la suivante il revenait, etc. On a même failli aller sur place avec ta grand-mère, tellement on ne savait plus que penser ! Mais avec l'épicerie, bien sûr, ce n'était pas commode.

Samuel, lui, voyait très bien quel genre de « voyage » son père avait pu effectuer !

– Finalement, il est rentré en octobre, conclut Grand Pa'.

– Vous avez su ce qui s'était passé ?

Grand Pa' baissa les yeux vers Sam comme s'il redescendait de son plafond :

– Eh bien non, figure-toi, il n'était pas en état. Il avait attrapé un virus assez rare qui lui a coûté dix kilos et quelques poignées de cheveux. Il est resté un mois sous surveillance dans une unité de soins pour maladies exotiques.

« Maladies *anciennes* », rectifia Sam intérieurement.

– Après ça, ta grand-mère et moi, nous n'avions plus franchement le cœur à le questionner. Il était guéri, il était avec nous, c'était l'essentiel.

– Et des disparitions de ce genre, il y en a eu d'autres ensuite ?

– Pas à ma connaissance. Ou alors des broutilles... Deux ans après, il a rencontré ta mère et ça l'a beaucoup assagi. Un peu plus tard, ils se sont mariés et puis tu es venu.

– Papa ne m'en avait jamais parlé, fit Sam en s'obligeant à finir son verre de jus d'orange et à le reposer le plus calmement du monde. Je peux jeter un œil à ce classeur, alors ?

– Si tu ne t'y perds pas dans tout ce bazar ! Moi, il faut que j'aille chercher ta grand-mère à son club de bridge. On pourra en rediscuter tout à l'heure, si tu veux...

Samuel ne se le fit pas répéter deux fois. Il courut au grenier et commença à explorer les malles et tout le fatras de vieux objets que Grand Ma' stockait religieusement. Des meubles hors d'âge, de vieux habits – des tas de blouses notamment, avec inscrit : *Épicerie Faulkner*, du temps où ses grands-parents n'avaient pas encore quitté les États-Unis pour le Canada – des albums photo en noir et blanc où l'on voyait l'ancien magasin de Chicago avec le père de Grand Pa', des jouets en bois d'Allan, des cahiers d'écolier, des vêtements d'enfant, la célèbre collection de rognures d'ongles et, enfin, le classeur, avec marqué au feutre noir : « Égypte ».

Samuel s'installa sous la lucarne et entama sa lecture. Une vingtaine d'articles en tout, jaunis et plus ou moins bien découpés, rangés dans des pochettes transparentes par ordre chronologique. À première vue, il y avait des extraits de plusieurs magazines spécialisés et d'un journal égyptien en langue anglaise, *Le Temps du Caire*.

Archeologia, avril 1985 :
Stage d'archéologie en Égypte
Le Pr Chamberlain projette une nouvelle campagne de fouilles de juin à novembre 1985, près de la Vallée des Rois à Thèbes. Son objectif: mettre au jour de nouvelles tombes de la XXe dynastie. Si vous êtes étudiant en histoire, histoire de l'art ou archéologie, si vous êtes disponible cet été, le Pr Chamberlain vous propose de rejoindre son équipe et de participer à une aventure archéologique de première importance (attention ! l'hébergement est assuré mais pas le transport). Envoyez votre dossier plus une lettre de motivation à : Pr Chamberlain, 7 Lower Street, Cambridge, Tél : (01223) 2589734.

C'est avec cette annonce découpée par son père que tout avait dû commencer…

Le Temps du Caire, 21 juin 1985 :
Les espoirs du Pr Chamberlain
L'éminent archéologue anglais, qui conduit actuellement un important chantier de fouilles dans la région de Thèbes, se dit confiant dans la possibilité de découvrir certains tombeaux ignorés de la XXᵉ dynastie. « Les collines qui surplombent les temples de Ramsès III ou de la reine Hatchepsout sont loin d'avoir livré tous leurs secrets, a-t-il déclaré hier soir à notre correspondant.

Jusqu'ici, on s'est surtout intéressé à la Vallée des Rois et aux tombes des pharaons. Je crois, moi, que les sépultures d'autres grands personnages, ainsi que celles des gens du peuple, ont au moins autant à nous apprendre sur la vie et les coutumes de l'époque. »

Samuel passa cinq ou six articles qui brodaient sur le même thème pour en arriver directement à celui-ci :

Le Temps du Caire, 2 août 1985 :
Une tombe de prêtre découverte à Thèbes
De notre envoyé spécial
*Hier, à 17 heures, le Pr Chamberlain et son équipe ont pu pénétrer pour la première fois dans un tombeau richement décoré qui aurait appartenu à un prêtre d'Amon de la XX*e *dynastie (il y a 3 200 ans environ). Après un mois de fouilles sur le chantier de Thèbes-ouest, ils ont en effet réussi à dégager un passage ouvrant sur le couloir principal de la sépulture. « Une splendeur », a commenté l'archéologue anglais, qui ne veut cependant prendre aucun risque et a décidé de ne pas hâter l'exploration : « Nous nous donnons deux semaines pour parvenir jusqu'à la chambre funéraire afin d'éviter toute dégradation. Au vu de l'état des deux premières salles, j'ai bon espoir que l'ensemble de la sépulture soit intact et que le tombeau ait été épargné par les pillards. » Si c'était le cas, souhaitons au Pr Chamberlain de découvrir autant de merveilles que jadis Howard Carter ouvrant le tombeau de Toutankhamon !*

Les deux semaines suivantes, plusieurs hebdomadaires s'étaient faits l'écho de la découverte, mais c'est encore *Le Temps du Caire* qui offrait le plus de détails :

Le Temps du Caire, 14 août 1985 :
Exclusif ! Les mystères du prêtre Setni !
Comme nous le laissions entendre dans nos éditions précédentes, le Pr Chamberlain et quelques collaborateurs ont pu accéder finalement à la chambre funéraire du grand prêtre Setni. Après de nombreux travaux de déblaiement et le relevé des inscriptions qui ont permis d'établir l'identité du propriétaire de la tombe, il apparaît que…

Samuel lut avidement la description de la salle funéraire, presque telle qu'il l'avait visitée quelques jours plus tôt à la lueur de sa torche. Tout s'y trouvait encore, sinon qu'un énorme sarcophage en or avait pris place au centre de la pièce. Si aucune mention n'était faite de la pierre sculptée, le journaliste s'interrogeait par contre sur la nature de certains objets qui accompagnaient le mort :

Le plus incroyable reste sans doute la présence sur une coupelle d'une dizaine de pièces de monnaie d'époques diverses : sesterces romains, talents grecs, livres tournois du Moyen Âge, etc. Autrement dit, des pièces de monnaie qui n'ont circulé que plusieurs siècles après l'enterrement du prêtre Setni ! Interrogé sur ce mystère, le Pr Chamberlain a suggéré que la tombe avait pu être forcée à une époque plus récente, sans que les visiteurs aient volé quoi que ce soit. Ces pièces auraient alors été déposées comme un hommage à la mémoire du grand prêtre d'Amon. Cette hypothèse est cependant loin de faire l'unanimité, y compris dans l'entourage du professeur…

La série des *Temps du Caire* s'interrompait là, comme si Allan Faulkner n'avait plus été en mesure de se les procurer. Était-ce à partir de cette date, justement, qu'il avait commencé ses «voyages»? Les articles suivants, tous extraits de publications scientifiques, n'apportaient guère de renseignements supplémentaires. Sauf, peut-être, un dernier entrefilet dans la revue *Archeologia*:

Archeologia, octobre 1985:

Rumeurs de chantier...

*Des rumeurs persistantes en provenance du chantier du Pr Chamberlain, à Thèbes, font état de la disparition de plusieurs objets recueillis dans la tombe du prêtre Setni (XX*e *dynastie, - 3 200 ans). Parmi ces objets, les fameuses « pièces de monnaie », prétendument datées des époques grecque, romaine et médiévale, et donc postérieures à la sépulture elle-même. Plusieurs scientifiques consultés ont estimé qu'il s'agissait là d'un canular et que le mauvais plaisantin avait dû récupérer les pièces qu'il avait lui-même introduites, plutôt que de se voir démasqué par la justice égyptienne. Quoi qu'il en soit, le chantier est désormais sous surveillance de la police.*

Le classeur s'arrêtait là.

Son père avait-il dérobé les pièces pour faire fonctionner la pierre sculptée? C'était le plus vraisemblable, évidemment... Mais Grand Pa' avait évoqué aussi un autre stagiaire, disparu en même temps que lui et dans les mêmes conditions. Avaient-ils été deux, alors, à utiliser la pierre? Ou bien l'autre stagiaire était-il l'auteur de ces vols? Il lui tardait d'avoir l'avis de Lili.

XI

Nouveau départ

Samuel dut attendre trois jours pour discuter vraiment avec sa cousine. Jusque-là, espérant sans doute se faire pardonner ses absences, tante Evelyn avait traîné sa fille un peu partout : cinéma, piscine, boutiques, etc. Impossible d'avoir une conversation sérieuse et discrète. Le jeudi, enfin, bien après l'école, Lili entra dans la chambre de Sam, son sac de classe à l'épaule :

– Désolée, Sammy, j'ai cru que ma mère ne me lâcherait jamais. J'ai juste trois quarts d'heure avant d'aller à la danse. Comment tu vas ?

Samuel se leva pour fermer la porte derrière elle et lui montra le classeur qu'il avait dissimulé avec le gros livre rouge dans un coin de sa penderie. En quelques mots, il lui expliqua le contenu des articles et les conclusions qu'il en avait tirées à propos de son père, du mystérieux stagiaire et de la pierre sculptée. Lili fronçait les sourcils comme si elle s'efforçait d'enregistrer les données d'un problème complexe.

– Ce professeur Chamberlain, tu as cherché à savoir qui c'était ?

– J'ai trouvé des renseignements sur Internet. Chamberlain était un archéologue assez connu dans les années 1970 et 1980, mais cette affaire de Thèbes lui a coûté cher. Certains de ses collègues l'ont soupçonné d'avoir placé lui-même les pièces dans la tombe de Setni, histoire de se faire mousser… Je ne sais pas si c'est la raison ou quoi, mais ensuite, on a moins parlé de lui. Il est mort d'un cancer en 1995.

– Et à l'adresse donnée dans l'article qui présente le stage ?

– J'ai appelé, mais le numéro n'est plus en service.

– Dommage, déplora Lili. Quelqu'un aurait peut-être pu nous fournir la liste des participants et…

Elle fut interrompue par la sonnerie grotesque du *Garçon de la plage* : *J'espère qu'il saura être saaaage / Oh ! oui, le garçon de la plaaaage !*

– Maman ? Je suis rentrée, oui… Je me prépare. À 17 h 30. Non, non, je ne serai pas en retard… Ce soir ? D'accord, je me débrouillerai. OK, je t'embrasse.

Elle raccrocha, l'air contrarié.

– Je ne suis plus une gamine, tout de même ! Et comment je fais quand elle n'est pas là ?

– Qu'est-ce qui se passe ?

– Rudolf a deux places pour l'opéra ce soir. Il l'emmène dîner juste avant et elle ne pourra pas me prendre à la danse.

– Je t'y accompagne, si tu veux…

– À la danse ? Pourquoi pas, fit-elle, flattée. Quoique… Je t'ai rapporté quelque chose de la bibliothèque, tu préféreras peut-être le lire.

– De quoi s'agit-il ?

– Pas maintenant, finissons-en d'abord avec les articles.

Tu crois que c'est là-bas, à Thèbes, que ton père a découvert la pierre et qu'il s'en est servi pour la première fois ?

– Tu as une autre idée ?

– Et il aurait ensuite cessé de « voyager » comme tu dis, durant une vingtaine d'années ?

– Je te rappelle que la pierre est au fin fond d'un tombeau en Égypte ! Et gardée nuit et jour, certainement.

– Il a donc fallu qu'il trouve une autre pierre, celle de la librairie, en l'occurrence. C'est même pour cela, sans doute, qu'il s'est installé dans ce quartier bizarre. Soit que la pierre s'y trouvait déjà, soit que la maison lui permettait de l'utiliser.

– C'est aussi mon avis, approuva Sam, impressionné par la rapidité d'esprit de sa cousine.

– Ce qui signifierait, poursuivit-elle, qu'il a recommencé ses voyages il y a deux ans, lorsqu'il a ouvert la *Librairie ancienne*. Tu ne t'es pas demandé pourquoi ?

Cette question, Samuel se l'était posée, forcément. Et la réponse n'était pas des plus agréables.

– Si on part du principe qu'il est mêlé au vol des pièces dans la tombe de Setni, maugréa-t-il, on peut tout envisager. Qu'il se serve de la pierre sculptée pour ramener de vieux manuscrits, par exemple. Des exemplaires rares et chers.

L'aveu lui coûtait, mais il sentait bien que seule la vérité l'aiderait à faire revenir son père.

– C'est aussi ce que je pense, Sammy. Même si, *a priori*, je vois mal ton père en pilleur de bibliothèque. Mais bon, pour l'instant, admettons qu'il utilise la pierre pour se fournir en ouvrages précieux. Cela pose au moins deux problèmes. D'une part, comment fait-il pour choisir à coup sûr sa destination ? Car il ne peut tout de même pas se lancer au hasard ! D'autre part, comment ramène-t-il ensuite les livres jusque chez lui ?

– Il doit en savoir plus que nous sur le fonctionnement de la pierre. Peut-être qu'il existe un moyen de choisir l'époque où on veut aller ?

Lili soupira en regardant sa montre.

– D'accord, gardons ce point pour plus tard. Passons au livre rouge, ajouta-t-elle avec un air étrange. Tu as réfléchi à ce que je t'ai demandé l'autre jour ? À savoir si toutes les pages étaient identiques quand tu l'as ouvert la première fois ?

– Comme je te l'ai dit, sur le coup je n'ai pas fait très attention. Par contre je me suis souvenu d'autre chose… Sur l'île d'Iona, dans la grotte où les moines avaient caché leurs livres, il y avait un petit cahier avec un anneau qui contenait vingt fois la même page. Un dessin d'île, justement, qui aurait très bien pu être Iona. Et ce n'est pas tout… Dans l'une des salles du tombeau de Setni, j'ai aperçu une liasse de papyrus avec les mêmes signes sur chaque feuille.

– Et à l'époque de la guerre ? s'enquit Lili.

– Là, je n'ai rien remarqué. Mais ça a été trop rapide, tout était détruit autour de moi et…

Lili s'assit à son côté et prit le gros livre sur ses genoux.

– Tu veux que je te dise ce que je pense, Sammy ?

Son regard brillait et Sam commençait à comprendre pourquoi sa cousine raflait la plupart des prix à l'école. Elle était simplement plus futée que tout le monde !

– Vas-y…

– Je pense que ce livre est ce qu'on pourrait appeler un « Livre du temps ». Il indique à quelle période se trouvent ceux qui voyagent. Quand je l'ai découvert dans la cave, il parlait de Thèbes et de Ramsès III parce que c'est là-bas que tu étais. Si je l'avais regardé quelques heures plus tôt, il aurait sans doute été question du monastère d'Iona ou de la Première Guerre mondiale.

Samuel fut frappé par l'évidence de sa déduction. Bien sûr ! Le livre rouge était un genre de GPS ou de boussole qui se calait sur l'époque ou atterrissaient les « voyageurs » ! Un Livre du temps !

– Mais alors mon père… commença-t-il.

Lili sortit de son sac une petite brochure avec en couverture un visage grimaçant.

– Le nom que tu m'as donné dimanche, reprit-elle, celui que tu as lu dans le livre, c'était bien Vlad Tepes ?

Samuel acquiesça et prit le petit volume qu'elle lui tendait avec précaution. Au-dessus du portrait de l'homme grimaçant, il y avait ce titre : *Vlad Tepes dit Dracula, entre mythe et réalité.*

– C'est… c'est une plaisanterie ? souffla-t-il, bien qu'il se doutât de la réponse.

– Je l'ai parcouru en revenant de l'école. Vlad Tepes n'a rien d'une plaisanterie. C'est lui qui a inspiré l'histoire de Dracula. Il vivait au XVe siècle.

Samuel ouvrit la plaquette à la première page : « Vlad Tepes, fils de Vlad Dracul, dit aussi Vlad l'Empaleur ou encore Dracula, 1428 ?-1476. » Suivait une biographie de Vlad Tepes, agrémentée de reproductions et de gravures photocopiées. La brochure devait être le résultat d'un travail d'élève car elle était tapée à l'ordinateur. On y apprenait dès les premières lignes que Vlad Tepes était prince de Valachie et que ses exploits sanguinaires avaient donné l'idée à Bram Stoker du personnage de Dracula.

– D'après ce qui est écrit là-dedans, poursuivit Lili, Vlad Tepes n'avait rien d'un vampire. Mais c'était un type cruel qui adorait tuer les gens et qui n'a pas hésité à massacrer ses ennemis. D'où sa réputation.

Samuel tremblait légèrement.

– Quand j'ai ouvert le livre rouge, murmura-t-il, c'était marqué : « Crimes et châtiments sous le règne de Vlad Tepes ». Tu… tu crois que mon père est allé là-bas ?

Lili ne répondit pas immédiatement mais son silence était éloquent.

– L'ennuyeux, reprit-elle, c'est que depuis ton retour, rien n'a bougé dans le Livre du temps.

– Qu'est-ce que tu veux dire ?

– Je veux dire que si ton père avait changé d'époque, le livre nous aurait probablement averti : un nouveau chapitre serait apparu.

La voix de Sam était blanche :

– D'après toi, il serait bloqué là-bas ?

– Ça… ça n'est pas impossible, non ? Tu te rappelles ce qu'il y avait sur la double page, à part le titre ?

– Eh bien, mal… reconnut Sam en faisant un effort de mémoire. Je ne pouvais pas deviner que c'était si important ! Il était question de torture et de crimes, mais…

– Il n'y avait pas d'illustration ?

– Si, maintenant que tu m'en parles… Une gravure de château, je crois. Oui, c'est ça, un chemin qui serpentait derrière un château.

– Alors c'est là que ton père se trouve, lâcha Lili sur un ton lugubre.

– Il serait prisonnier de Vlad Tepes ?

– À moins qu'on ne se soit trompés depuis le début, il y a de fortes chances…

Samuel sentit des larmes de colère lui monter aux yeux et il jeta violemment la brochure sur l'oreiller.

– Nous nous sommes trompés, c'est sûr ! Il n'y a aucune raison pour que mon père soit prisonnier de ce… de ce Dracula !

D'ailleurs, si ça se trouve, le Livre du temps ne marche pas ici. Peut-être qu'il faut le laisser là-bas, à côté de la pierre !

Il aperçut le mobile de sa cousine sur le lit et une idée lui traversa l'esprit. Sa colère l'abandonna d'un coup.

– Max ! Max a sans doute des informations !

– Max ?

– Max, un voisin de la librairie. Mon père lui a téléphoné avant de disparaître. Il lui a peut-être confié ce qu'il comptait faire ? Ou laissé un indice ou je ne sais quoi ! On va aller lui parler… On en profitera pour repasser par la cave, vérifier que le Livre du temps n'indique pas de nouvelles choses.

Samuel se leva en attrapant d'autorité le bras de Lili.

– Viens !

– Mais… et ma danse ?

– J'ai besoin de toi, Lili. Il s'agit de mon père !

La rue Barnboïm était aussi joyeuse et animée qu'à l'accoutumée : pas une voiture, pas un passant, pas un chat. Samuel appuya longuement sur la sonnette pour la troisième fois consécutive.

– Monsieur Max ! Monsieur Maaax !

– Il n'est peut-être pas chez lui ? suggéra Lili.

– Tu parles ! Il est sourd comme un pot, oui ! Monsieur Maaax !

La porte s'ouvrit enfin sur un Max en robe de chambre élimée, la moustache en bataille et les yeux pleins de sommeil.

– Samuel Faulkner, bille en bois ! Et quelle est cette jeune fille ?

– C'est ma cousine, monsieur Max.

– Ta copine ? Eh ben, félicitations, mon gars, elle a l'air plutôt gentille !

– Non, pas ma copine, ma cousine, rectifia Sam.

– En rouquine ? Non, non, elle est très jolie comme ça, inutile qu'elle change… Et comment elle s'appelle ?

– LILI ! s'égosilla celle-ci, rouge comme une pivoine.

– Lili ! Parfait, comme nom, ça, Lili. Mais c'est pas la peine de crier, je suis pas sourd ! Vous voulez boire quelque chose pour fêter ça ?

Ils suivirent Max dans la cuisine où rien n'avait dû changer depuis quarante ans au moins : la table et les chaises en formica, le frigidaire blanc aux formes arrondies, l'évier avec ses robinets en cuivre et son émail abîmé, la collection d'assiettes aux murs – un lot gagné dans une station-service – , les légumes en plastique jauni sur les étagères.

– Du Freshh ! ça vous va ?

C'était le moment délicat de la visite. Vingt ans plus tôt, Max avait dû acheter plusieurs caisses de Freshh !, une limonade aromatisée dont la marque avait heureusement disparu des rayonnages. Il devait même être la seule personne au monde à en posséder encore quelques bouteilles – et à s'obstiner surtout à les faire boire à ses invités ! L'ennui était qu'il n'y touchait pas lui-même : « Je vais plutôt prendre un whisky, s'excusait-il en général. Les boissons gazeuses, ça ne me réussit pas. » Sauf qu'il n'y avait plus la moindre bulle dans son Freshh ! depuis 1987. Et comme hormis Sam il ne recevait jamais d'enfants…

Max sortit trois verres du placard et les posa sur la table.

– Je crois que je vais plutôt boire un whisky, réfléchit-il tout haut. La limonade, moi…

Il les servit généreusement d'un liquide jaune où flottaient des cristallisations de sucre, tandis qu'il s'octroyait à lui-même une bonne rasade d'alcool. Samuel fit signe à Lili qu'elle pouvait faire semblant de boire.

– Au fait, Samuel, il y a un moment que la librairie est fermée, non ? Ton père est pas rentré de congé ?

– Eh bien justement, monsieur Max, c'est de lui que nous voulions vous parler. Il y a treize jours que nous n'avons plus de nouvelles.

– Plus de poubelles ? Depuis treize jours ? Ça, mon garçon, ça doit pas être pratique, mais je vois pas le rapport avec ton père !

– IL A DISPARU DEPUIS TREIZE JOURS, hurla Sam. C'EST LA RAISON POUR LAQUELLE NOUS SOMMES PASSÉS VOUS VOIR.

– Tout doux, mon gars ! Inutile de s'énerver ! Je sais bien que je suis un peu dur de la feuille, ces temps-ci, mais… Attendez…

Il se leva et s'éloigna du côté du salon. Samuel en profita pour vider prestement leurs deux verres dans l'évier. Celui-ci fit un drôle de bruit, comme si les tuyaux se mettaient à protester avec de grands glouglous.

– C'est immonde ! chuchota Lili.

– Mais ça débouche !

Max revint en portant un petit coffret en bois avec gravé sur le couvercle : « Souvenir d'Acadie ».

– Je l'ai ramené de Rustico, s'attendrit-il. On y est restés une semaine avec mon frère en 1947. Les plus belles vacances de ma vie.

Il en extirpa un cornet en cuivre qui faisait penser à l'extrémité d'une trompette et qu'il se colla dans l'oreille.

– Vas-y, mon gars, ça devrait fonctionner mieux.

– Mon père est parti il y a près de deux semaines. Je sais qu'il vous a téléphoné juste avant. Je me demandais s'il ne vous aurait pas confié où il allait ?

– Bille en bois ! s'exclama Max. Il y a deux semaines ? Et comment qu'il m'a rendu visite ! C'est le jour où il m'a parlé de ce congé, tiens ! Il espérait faire des affaires aux États-Unis, ou je ne sais quoi.

Lili et son cousin échangèrent un regard entendu.

– « Et Samuel, je lui ai fait, il part avec vous ? – Non, qu'il m'a répondu, il y a encore l'école. Mais je lui ai préparé une surprise… Si jamais il vient frapper chez vous, vous lui remettrez ça de ma part. Ça peut lui servir en attendant que je revienne. »

Max plongea sa main dans le coffre tapissé d'un drapeau bleu-blanc-rouge avec une étoile jaune. Il en retira une petite bourse en tissu qu'il tendit à Sam.

– « Mais seulement si c'est lui qui vient chez vous, Max, il a insisté. Si Samuel vous cause de rien, ce sera pas la peine. »

Sam défit maladroitement le lien de cuir qui fermait la bourse. Il la retourna dans sa paume : une pièce et un jeton en tombèrent, tous les deux troués au centre.

– Bingo ! lâcha Sam.

Il observa le jeton qui était dans une matière synthétique bleue, un genre de résine ou de plastique, comme les jetons de poker. Quant à la pièce, elle était vieille et usée, presque noire à force d'avoir été manipulée, mais l'on distinguait encore une sorte de serpent ondulant sur la partie pleine. Samuel soumit le tout à Lili.

– Il ne vous a rien dit d'autre ?

– Ma foi, fit Max, en se grattant ce qui lui restait de cheveux, rien d'important, en tout cas. C'est quoi ces trucs ?

– Euh… C'est pour une collection que j'ai commencée. Et il vous a semblé… normal, ce jour-là ?

– Normal ? Ton père a jamais été un gars tout à fait normal, Sam, c'est même pour ça que je l'aime bien ! Mais non, il avait l'air comme d'habitude, peut-être un peu fatigué, sans plus. Il est pas rentré alors ? Vous avez prévenu la police ?

– Elle est au courant, oui.

– Disparu, répéta Max, la mine brusquement sombre. Je savais bien que cette maison, c'était pas une riche idée…

– Cette maison ? Notre *maison* ? Pourquoi ce n'était pas une riche idée, Max ?

– Ton père ne voulait pas que je t'en parle, ni à toi ni à ta grand-mère, qui est une brave femme. Mais quand il est arrivé pour s'installer ici, je lui ai déconseillé d'acheter la maison.

– Vous lui avez déconseillé ? Mais pour quelle raison ?

– Il t'a pas raconté, j'imagine ! En ville, le quartier a déjà mauvaise réputation, alors… C'est pour ça qu'il y a plus que des vieillards ici et que tous les commerçants ont fermé boutique. Mais cette maison, la maison de Barnboïm, crois-moi, y a pas grand monde qui souhaiterait y habiter !

– Notre maison, la maison de Barnboïm ? s'étonna Sam. Comme le nom de la rue ? Qui était ce Barnboïm ?

– Un drôle de type d'il y a plus de cent ans. Il vivait là avec toute une bande de zozos qui sortaient à n'importe quelle heure de la nuit et du jour et habillés n'importe comment. Des qui arrivaient, d'autres qui repartaient, jamais les mêmes… Un vrai carnaval ! La bande à Barnboïm, on les appelait. Pas vraiment méchants, mais du genre inquiétants pour le voisinage. Paraît qu'il y a eu des bagarres, aussi, et que le vieux Barnboïm était pas le dernier à faire le coup de poing. Du moins, c'est ce que dit la légende. En tout cas, on a fini par donner son nom à la rue.

– Et vous savez autre chose sur ce Barnboïm ?

– Guère plus ! fit Max en vidant son verre. C'était il y a une sacrée paye ! Tout ce qu'on peut ajouter, c'est que cette maison, on dit qu'elle a le mauvais œil.

– Et qui l'occupait avant mon père ?

– Une espèce de folle, Martha Calloway, qui vivait comme une recluse avec un fusil toujours à portée de main. Même le facteur, il osait pas sonner chez elle. Quand elle est morte, il y a deux ans, ça puait le diable là-dedans ! Il y avait au moins une quinzaine de chiens ! Ton père, il a eu bien du courage d'ouvrir une librairie dans un endroit pareil !

Allan Faulkner, bien sûr, n'avait jamais informé sa famille de tous ces menus « détails ». Et pour cause : il voulait la maison à tout prix. Et s'il voulait la maison, c'est qu'elle abritait la pierre !

– Je vous remercie, Max, ces deux pièces manquaient vraiment à ma collection ! Je vous donnerai des nouvelles de papa dès que j'en aurai.

Ils refusèrent poliment un deuxième verre de Freshh ! et quittèrent Max pour se rendre à la Librairie ancienne.

À l'intérieur, hélas ! il n'y avait aucune trace du retour d'Allan. Samuel voulut faire écouter à Lili le message menaçant qu'il avait entendu l'autre jour sur le répondeur – « OK, Allan, je t'aurai prévenu… » – mais la bande avait été effacée et remplacée par des coups de fil anodins.

– Grand Pa' a dû remettre la cassette à zéro, supposa Lili, au cas où ton père se manifesterait.

– Tant pis, soupira Sam, ce message n'avait peut-être aucun rapport. Prends le Livre du temps, je te rejoins dans deux secondes.

Il la laissa descendre à la cave et monta à l'étage, dans la chambre de son père. En ouvrant l'une des armoires, il avait en effet remarqué une pile de linge blanc dont, avec le recul, il croyait deviner l'utilité. Des chemises toutes simples et des pantalons de toile fermés par un cordon.

Cinq minutes plus tard, il se glissait derrière la tenture de la Dame à la licorne, arrachant à Lili un cri de surprise :

– C'est quoi ce pyjama ? Tu vas te coucher ?

– Ce n'est pas un pyjama, ce sont les vêtements de mon père. Que du naturel, pour mieux voyager.

– Je… je ne comprends pas…

– C'est une hypothèse, mais j'imagine qu'on ne peut pas se transporter dans le temps avec des tissus modernes. De l'artificiel, du synthétique, que sais-je… C'est pour ça que mon jean et mon tee-shirt sont restés ici l'autre fois. Il faut du linge adapté à l'époque. Mon père a dû se faire faire ces habits en prévision. C'est encore un peu grand pour moi, mais en retroussant les manches…

Lili n'en croyait pas ses oreilles.

– Sammy ! Ne me dis pas que tu comptes repartir !

– Je n'ai pas le choix, Lili. Il est prisonnier là-bas, Dieu seul sait depuis combien de temps ! Si je ne me dépêche pas, il peut se produire n'importe quoi ! Il est peut-être même déjà trop tard !

– Mais comment vas-tu t'y prendre ? Qui te prouve que tu tomberas pile au bon endroit et au bon moment ?

– La pièce, affirma Sam, qui tâchait de se montrer plus confiant qu'il ne l'était véritablement. Papa l'a donnée à Max pour que je puisse le retrouver s'il lui arrivait quelque chose…

Il brandit la rondelle de métal ornée du serpent.

– Je suis sûr qu'elle date de Vlad Tepes et qu'elle va me conduire tout droit à son château. C'était bien ton raisonnement, tout à l'heure, non ?

– Sans doute, reconnut Lili, embarrassée. Mais une fois sur place ? Tu n'as aucune chance ! Ce type est un fou furieux !

– J'improviserai ! Je me suis sorti des griffes des Vikings et j'ai fait échouer un complot dans le temple de Ramsès. Ce n'est déjà pas si mal !

– Et… et pour rentrer ?

– C'est là que j'ai besoin de toi, Lili. Il faut que tu penses à moi le plus souvent possible. J'ignore par quelle magie, mais c'est ça qui m'a fait revenir l'autre jour. Oui, oui, c'est grâce à toi que je suis revenu ! Il suffit que tu gardes le livre avec toi et… Au fait, il y a eu du neuf ?

Lili tourna vers Sam le gros livre rouge qu'elle tenait ouvert : « Thèbes, la ville aux cent portes ». Rien n'avait bougé.

– C'est bien la preuve qu'il est bloqué là-bas, renchérit Sam. Je ne peux pas l'abandonner.

Il serra la pièce dans son poing et avança d'un pas décidé vers la pierre sculptée. Il était d'autant plus pressé d'en finir qu'il craignait de renoncer s'il n'agissait pas sur-le-champ.

– Et moi, demanda Lili, paniquée. Qu'est-ce que je vais dire ?

– Rien, tu n'es au courant de rien. Si on te questionne, tu joues l'innocente. Tiens, éclaire-moi avec la lampe de poche, tu veux ?

– Mais et Grand Pa' ? Et Grand Ma' ?

– Il n'y a pas d'autre solution, Lili. Si je voulais leur expliquer, ils m'empêcheraient d'y aller. Ou pire, ils préviendraient la police. Or, personne ne doit savoir.

Il s'agenouilla face à la pierre pendant que Lili approchait.

– C'est… c'est un soleil ? demanda-t-elle en braquant le faisceau lumineux sur le cercle et les encoches.

– Un genre de soleil, oui. Je pense qu'il y a un rapport avec la religion égyptienne.

– Et l'espèce de trou, en bas ? Ce ne serait pas pour mettre quelque chose ? Emmener un objet, ou…

– Je ne sais pas, chuchota Sam, qui sentait ses bonnes résolutions faiblir. Tais-toi, maintenant, et ne viens pas trop près.

Le métal tiédissait dans sa main et la voix de sa cousine lui paraissait plus lointaine. Il se concentra sur la pierre et posa délicatement la pièce au centre du soleil. Le même bourdonnement s'éleva bientôt, et la même vibration que la première fois.

– Sammy ? Sammy, tu m'entends ? lançait Lili comme de l'autre côté d'un mur. On devrait essayer de…

Samuel posa sa main sur l'ovale de la pierre et, après quelques secondes, une chaleur infernale explosa dans tout son corps.

XII

La guilde des imaginiers

Samuel redressa lentement la tête en réprimant un hoquet. Les murs de la cave avaient disparu. Il était dans un cimetière ou quelque chose de ce genre, au pied d'une tombe grise recouverte d'une épaisse couche de neige. Aucune inscription n'était visible sur la pierre, mais la base arrondie de la croix était creusée de signes familiers : le soleil, les encoches, la niche sous le…

– Lili, murmura-t-il en s'essuyant la bouche, elle avait raison !

Le téléphone de sa cousine trônait au milieu de la cavité. Elle avait dû y déposer la première chose qui lui était tombée sous la main, son portable en l'occurrence ! Samuel le prit avec précaution : il n'avait pas fondu sous l'effet de la chaleur et son écran, toujours allumé, indiquait : *jeudi 10 juin, 17 h 42*. Mais était-ce l'heure et la date d'ici ? À en juger par le ciel gris, la neige et le vent glacé, le temps était plutôt à l'hiver : le téléphone avait conservé ses réglages d'origine. Samuel fut tenté d'appeler un numéro au hasard, mais le pictogramme bleuté signalait l'absence de réseau. La preuve était faite en tout cas que Lili avait vu juste : la cavité servait bien à transporter des objets ! Et son père devait l'utiliser pour ramener ses livres !

Samuel se mit sur ses deux jambes. Le cimetière paraissait désert. Il n'était pas très grand, une centaine de tombes au maximum, délimitées par un muret et une petite chapelle. Par-delà les arbres blanchis, on apercevait un léger moutonnement de collines, comme des boules de glace à la vanille qui auraient commencé à fondre. Aucune trace du château de Vlad Tepes, par contre. La pièce avec le serpent l'aurait-elle mené au mauvais endroit ?

Samuel se dirigea vers la chapelle en frissonnant. Au passage, il gratta la neige sur quelques tombes : *Gustav Veken, 1389-1427* ; *Petrus van Hoot, 1368-1411* ; *Marga Waagen, 1359-1429*, etc. Des noms étrangers – mais le mot n'avait guère de sens – dont il était incapable de dire s'ils sonnaient « valachiens » ou pas… La tombe la plus récente était de 1429 et, s'il se souvenait bien, Vlad Tepes était né en 1428. Difficile d'en tirer des conclusions…

Il allait ouvrir la porte de la petite église, espérant s'y réchauffer un peu, lorsqu'il entendit un bruit étouffé, comme un sanglot. Il recula précipitamment derrière la première sépulture : un homme d'un certain âge accompagné d'une jeune fille tournait en sens inverse le coin de la chapelle. Ils étaient habillés de fourrure et les traces sur leurs manteaux laissaient supposer qu'ils s'étaient agenouillés devant l'une des tombes. L'homme avait la figure sévère et la jeune fille le visage enfoui dans un mouchoir. Lorsqu'elle le retira, Samuel eut un coup au cœur : elle était incroyablement belle… De grands yeux noirs, une peau très pâle, le nez fin, la bouche merveilleusement dessinée… Sam en conçut presque une sorte de malaise : elle était plus âgée, bien sûr, on distinguait mal sa silhouette sous le vêtement, mais elle avait quelque chose d'Alicia Todds ! De son Alicia à lui !

Son père lui passa la main dans le dos.

– Ne pleure pas, Yser, Dieu l'a voulu ainsi.

Samuel les regarda marcher vers la grille en se demandant ce qu'il devait faire. Les aborder ? Les interroger sur l'époque et le lieu ? Sur le château de Vlad Tepes ? C'est qu'il n'était guère présentable dans cette espèce de pyjama, surtout par ces températures ! Peut-être valait-il mieux les suivre à distance et attendre l'occasion de leur parler ?

C'est alors que des hurlements montèrent du bois qui longeait le cimetière :

– Sus ! Yaah ! Sus !

La jeune fille poussa un cri et son père se mit à gronder :

– Maudits coquins !

Des bandits ?

Samuel ne fit ni une ni deux. Il se releva en attrapant un caillou dans l'allée et fonça leur porter secours. Trois garçons de son âge environ bondissaient sur le vieil homme en lui assenant des coups de bâton.

– Prends ça, vieille carne ! Tiens ! Tiens !

Samuel fut en deux enjambées derrière le premier et le frappa assez fort à la nuque. Le jeune homme s'effondra comme une masse en lâchant son gourdin. Les deux autres se retournèrent et lui firent face en l'insultant :

– D'où qu'elle sort cette merdaille ? Je vais te crever comme un chien !

Le plus grand – même s'il ne lui arrivait qu'à l'épaule – se rua sur Sam en le traitant de tous les noms. Visiblement, il n'avait pas bénéficié des cours de maître Yaku, car il jetait son corps en avant sans anticiper la moindre parade de son adversaire. Or, la technique du judo consistait justement à retourner contre l'agresseur l'énergie et la puissance qu'il mettait à vous assaillir. Samuel leva le bras pour se protéger et avança rapidement sa hanche au lieu de se dérober. Surpris, le voyou buta sur sa cuisse et fit une culbute dans la neige que Samuel accompagna d'un bon coup de pied dans les reins. Sans attendre la réaction du troisième, il saisit le bâton à terre et commença à décrire des moulinets au-dessus de sa tête, comme il avait vu faire maître Yaku à l'entraînement de kendo – car maître Yaku enseignait aussi l'art du combat avec une canne. Le jeune vaurien fit un pas en arrière, impressionné par cette apparition blanche dont le bâton fendait l'air en sifflant. Il ouvrit des yeux ronds puis déguerpit brusquement vers le bois, bientôt rattrapé par le plus grand. Ne restait que le troisième larron, le nez enfoncé dans la neige.

– Père ! s'exclama Yser en se précipitant.

– Mon poignet ! grimaça-t-il. Ils m'ont brisé le poignet !

Elle l'aida à se relever tandis que Sam vérifiait la respiration du brigand. Il n'était qu'assommé et en serait quitte pour une bonne migraine.

– Sales petits voleurs, pesta le vieillard. Sans vous, mon garçon…

Il considéra Sam des pieds à la tête avec un mélange de reconnaissance et d'étonnement.

– C'est la grâce de Dieu qui vous a placé sur notre chemin ! Mais peut-on vous demander ce qui vous est arrivé à vous pour être ainsi dévêtu ?

– J'ai… j'ai été attaqué moi aussi, mentit Sam. Ils étaient plus nombreux, ils ont pris mes habits.

– Alors remboursez-vous sur ce gaillard, ce ne sera que justice !

– Il fait froid, rétorqua Sam, qui sentait ses orteils s'engourdir. Si je lui enlève ses vêtements…

– Foin de scrupules, mon garçon ! Ses complices doivent le guetter quelque part derrière ces arbres. Dès que nous serons partis, ils se chargeront de le mettre à l'abri.

Samuel hésita puis finit par se rendre aux arguments du vieil homme. Il prit les bottes du bandit et sa veste en laine mais lui laissa son gros tricot et son pantalon.

– Voilà qui est plus raisonnable, assura l'homme à la fourrure. Et si je ne vous serre pas la main, permettez au moins que je me présente : Baltus, Hans Baltus, de la guilde des imaginiers. Votre obligé, désormais… Et voici ma fille, Yser.

La jeune fille inclina doucement la tête sans cesser de soutenir son père. De près, elle était encore plus jolie, avec une lueur espiègle dans les yeux et quelques boucles blondes qui s'échappaient de son chapeau. Elle détourna cependant le regard, ce qui devait lui sembler plus convenable en présence d'un étranger. Baltus parut remarquer le trouble de Sam, car il parla plus fort :

– Ne restons pas là, mon jeune ami, il se pourrait que ces coquins aillent chercher du renfort. Vous allez vers la ville ?

– Euh… Vers la ville, oui…

– Eh bien, nous nous ferons un plaisir de vous inviter à souper ! Nous vous devons au moins cela, n'est-ce pas ?

Ils abandonnèrent le brigand derrière eux et suivirent la petite route boueuse qui serpentait dans la forêt. Hans Baltus avait mis sa main gauche en écharpe et continuait à fulminer contre les bandits de toutes sortes.

– On n'est plus en sécurité dès qu'on franchit les murs de cette ville ! C'est la faute de ce mariage, aussi. Je ne devrais pas m'en plaindre, mais... Il y a tant de gens d'armes dans Bruges que tous les gredins ont pris leurs jambes à leur cou. Ils rôdent maintenant dans les campagnes, à l'affût du premier voyageur !

Bruges, réfléchissait Sam. Le nom ne lui rappelait rien. Le château de Vlad Tepes se trouvait-il à Bruges ? Il respira profondément et trouva l'air presque salé.

– Vous me direz, continuait Baltus, pourquoi s'aventurer alors en dehors des remparts ? Ce cimetière est bien éloigné, je le sais. Mais ma pauvre femme était très attachée à cet endroit. Elle y venait souvent, enfant, sa grand-mère y a été enterrée. Quant à elle... Cela fait un an aujourd'hui qu'elle y repose.

Sa voix mourut dans un soupir et Yser se réfugia à nouveau dans son mouchoir.

– Je suis désolé, murmura Sam.

– Mais ? et vous-même, reprit Baltus. Vous veniez visiter l'un de vos défunts ?

– Eh bien, en quelque sorte, oui.

– En quelque sorte ?

Sam s'était habitué à ce genre de questions. Le mieux était d'inventer une histoire assez vague qui suscite si possible un peu de pitié sans pour autant le rendre suspect.

– Je ne peux pas dire que je la connaissais vraiment. Marga Waagen est une cousine éloignée de mon père. (C'était surtout l'un des noms qu'il avait lus au cimetière !) Je n'ai plus de famille, alors je suis venu à Bruges pour la voir.

– La vieille Marga ? Mais elle est morte il y a plusieurs mois ! Vous l'ignoriez ?

– Je l'ai découvert aujourd'hui.

– Que je sache, ajouta Hans, elle vivait seule et elle n'était pas bien riche : vous ne trouverez personne ici de sa descendance. Elle était originaire de l'est, je crois, de Malines. C'est ça ?

– De… de Malines, exactement. Je viens de là-bas, moi aussi.

– Vous arrivez de Malines, vous apprenez la disparition de votre tante et, en plus, on vous attaque ! Voilà décidément une triste série !

– C'est… c'est à peu près ça.

Ils parvinrent à l'orée du bois et la ville se matérialisa soudain devant les yeux éblouis de Sam : un vaisseau de pierre hérissé de mille toits enneigés, entouré d'eau et de moulins, qui semblait en suspension entre le ciel de plus en plus sombre et l'horizon où l'on devinait la mer. Deux gros bateaux arrondis aux voiles rectangulaires semblaient glisser jusqu'aux murailles, escortés de mouettes tournoyantes. Des tissus de couleur pendaient des remparts et d'impressionnants flambeaux éclairaient l'avant-port, révélant une activité intense : on déchargeait des barriques et des paniers destinés au ravitaillement de la ville. Le plus curieux était que cette agitation se déroulait presque sans bruit, comme assourdie par l'épais manteau blanc. Un mirage glacé, songea Sam, une illusion d'hiver…

À l'approche du premier pont, cependant, la rumeur enfla et devint bien vivante. Ils passèrent sous une porte fortifiée et clignèrent des yeux à cause de la lumière des torches. Des dizaines d'hommes transbordaient la cargaison d'un navire tout en bois et en cordes sur des embarcations plus petites, avec une stupéfiante économie de paroles et de gestes. Seuls quelques contremaîtres donnaient de la voix :

– Plus vite, les gars ! Le comte veut ce gibier dans ses cuisines à huit heures ! Il y a banquet d'épousailles, ce soir !

– Mes harengs, godichons, tenez droit mes harengs !

– Trente balles de drap à décharger, trente ! Il me faut dix porteurs !

Ils se faufilèrent entre les tonneaux et les paquets ficelés jusqu'à une longue barque qui défaisait ses amarres. Baltus héla le marinier :

– Holà, maître pilote ! Je suis Hans Baltus de la guilde des imaginiers. J'ai besoin que l'on me dépose au quai Sainte-Anne avec les miens. C'est votre route ?

– Les imaginiers ont tout mon respect, s'inclina l'autre. Montez, je vous conduis à Sainte-Anne !

Ils prirent place comme ils purent au milieu du chargement, tandis que le marinier et son fils plantaient leurs perches dans l'eau et s'engageaient sur le canal. Baltus s'assit sur l'un des fûts et chuchota à l'oreille de Sam :

– Vous ne m'avez pas dit votre nom, je crois.

– Euh, Samuel... Samuel Waagen.

– Et c'est la première fois que vous venez à Bruges, Samuel ?

– J'espérais obtenir une aide de ma tante.

– Autrement dit, vous ne connaissez personne ?

Samuel sauta sur l'occasion :

– Avant de disparaître, mon père a évoqué un certain Vlad Tepes qui habiterait dans les environs. Mais j'ignore où...

– Vlad Tepes ? Jamais entendu parler. Ce ne sont pas les étrangers qui manquent, notez : les Anglais qui nous amènent leur laine, les Italiens qui l'achètent, les Allemands qui font commerce d'un peu tout, les Français, les Espagnols qui sont assidus à nos foires, et les Bourguignons, bien sûr, qui appartiennent à la suite du comte. Mais Vlad Tepes, ce nom ne me dit rien.

Samuel se tassa sur sa barrique. Il s'en doutait depuis un moment et Baltus venait de confirmer ses craintes : il n'était pas au bon endroit ni à la bonne époque. Bruges se situait manifestement en Europe de l'Ouest, alors que la Valachie était beaucoup plus loin à l'est. Et même si par miracle il parvenait à s'y rendre, il arriverait vingt-cinq ou trente ans trop tôt: Vlad Tepes n'était qu'un nourrisson !

– Si vous le souhaitez, ma maison vous est ouverte, proposa le vieil homme, le temps que vous décidiez de la conduite à tenir. Il y a du travail, ici, du moins pour un garçon courageux. Surtout avec ces fêtes. Vous savez que le comte Philippe est à Bruges et qu'il s'est marié, n'est-ce pas?

– Eh bien... je n'ai pas fait très attention.

– Avec Isabelle du Portugal... L'union a été célébrée la semaine dernière. Toute la cité est en joie, si vous restez, vous pourrez vous régaler des tournois et des distributions de victuailles. Mais pour ce qui est d'un lit, je crains qu'il n'y en ait plus de libre à cinq lieues à la ronde. Vous serez donc aussi bien chez moi.

Remontant le canal, la barque longea une deuxième enceinte d'où s'échappaient de la musique et des rires.

– Tout se joue là-bas, sur les grandes places du centre, indiqua le vieil homme. Trop de monde, trop de bruit... Heureusement, ma fille et moi, nous vivons un peu à l'écart. Venez, nous y sommes.

– Sainte-Anne! annonça le marinier.

Ils passèrent sur le quai glissant et médiocrement éclairé. Hans se plaignit en s'appuyant sur son poignet:

– Ces coquins ont failli me rendre manchot! Ce n'est pourtant pas la période! Allez, dépêchons-nous, nous avons besoin d'un grand feu.

Ils marchèrent dans une ruelle froide jusqu'à la maison de Baltus où une servante large comme la porte leur ouvrit. Elle ne paraissait pas ravie d'accueillir Sam et grommela à peine un bonsoir. De son côté, celui-ci fut surpris par l'odeur puissante qui se dégageait de l'intérieur : du camphre ou de l'eucalyptus. Quelque chose qui ressemblait en tout cas à la pommade dont Grand Ma' se frictionnait lorsqu'elle avait une bronchite...

– Bonne, tu apprêteras le lit près de l'atelier pour ce jeune homme.

– C'est un nouvel apprenti ? s'enquit-elle avec une pointe d'agacement.

– Considère-le comme tel. Mais d'abord, tu nous serviras le souper devant la cheminée : nous sommes gelés. Et apporte-moi un bandage, il faut serrer ce bras avant qu'il n'enfle trop.

Yser entraîna la servante dans l'escalier en lui expliquant qu'ils avaient fait une mauvaise rencontre au cimetière et que, sans Samuel, etc.

– Par ici, mon garçon, je vais vous présenter votre nid. Ce n'est pas immense, mais c'est mieux que de coucher dehors.

Il le précéda dans le couloir jusqu'à une porte surmontée d'un écusson qui montrait trois hommes à genoux courbant la tête devant un quatrième qui, lui, était debout et la main tendue.

– C'est le blason de la guilde des imaginiers, commenta Baltus. Le personnage à droite, c'est saint Luc, notre patron. Il bénit les trois représentants du métier : le miroitier, l'enlumineur et le peintre. On reconnaît d'ailleurs facilement les objets par terre : un miroir, un livre décoré et des pinceaux. Pour ma part, ajouta-t-il avec fierté, je fais partie de la troisième catégorie, la plus noble, celle des peintres.

Samuel, qui était glacé jusqu'aux os, sentit une onde de chaleur l'envahir. La guilde des imaginiers... Imaginiers pour faiseurs d'images ! Il était tombé chez un peintre !

– C'est extraordinaire, lâcha-t-il.

– N'est-ce pas ? se rengorgea Baltus. Vous appréciez la peinture ?

– Je… Oui !

– Dans ce cas, entrons !

Il poussa la porte et l'odeur se fit plus forte encore. Il y avait une grande table, couverte de godets, de pinceaux, de mortiers pour broyer les couleurs et de divers outils pour préparer les panneaux. Deux chevalets encadraient la haute fenêtre, dont l'un avec un portrait inachevé d'Yser. À droite, là où les parfums étaient les plus puissants, une sorte de cuisinière accueillait des chaudrons de différentes tailles, remplis de liquides noirs et pâteux.

– Ce sont mes vernis, expliqua Hans, je vous en détaillerai la recette si ça vous intéresse. Et ce tableau sur lequel je travaille, là-bas, c'est le portrait de ma fille. Le comte a organisé un concours pour choisir celui qui parmi la guilde aura l'honneur de peindre sa jeune épouse. J'ose espérer que cette œuvre modeste saura retenir son attention.

– Elle est merveilleuse, souffla Sam, qui pensait plus au modèle qu'à sa représentation.

– Tant mieux, tant mieux. D'autant qu'il y a une jolie somme à la clé et qu'elle arrangerait bien mes affaires. Si du moins je puis terminer tout cela à temps… Ah ! nous y voilà, continua-t-il en se dirigeant vers le fond de l'atelier.

Il ouvrit une petite pièce qui servait de débarras, avec du mobilier entassé et un lit sous une lucarne en forme d'œil-de-bœuf.

– Bonne va vous arranger ça, rassurez-vous. C'est ici que je logeais mes apprentis lorsque l'atelier fonctionnait mieux. Depuis la mort de ma femme, hélas ! j'ai moins le cœur à former des jeunes gens. Je suis plus souvent à tenter des préparations nouvelles avec mes pigments et mes huiles qu'à m'installer devant mon chevalet ! C'est aussi pourquoi ce concours est important : je dois faire la preuve qu'Hans Baltus n'est pas fini ! Y compris à moi-même ! Et je me crois assez près de réussir, affirma-t-il avec un air de conspirateur.

Yser fit alors irruption dans l'atelier, un pot en grès et une bande de linge à la main.

– Votre bras, papa… J'ai aussi amené du baume pour les muscles.

Samuel la regarda s'occuper de son père, fasciné par sa beauté et sa ressemblance troublante avec Alicia Todds. Yser avait retiré son chapeau et ses cheveux blonds lui descendaient maintenant en cascade sur les épaules. Elle n'avait pas tout à fait la même forme de visage, ses yeux étaient moins en amande, mais pour le reste, leur couleur, la forme si délicate du nez, cette bouche amusée et ces dents si blanches… De quoi attraper le tournis !

Durant le souper qui suivit – du mouton bouilli accompagné de carottes et d'un pain rustique –, Sam resta volontairement silencieux. Par prudence d'abord, car il ne tenait pas à se dévoiler ni à se trahir, mais aussi parce qu'il souhaitait observer la jeune fille à son aise. Elle non plus ne disait pas grand-chose, se contentant de hocher la tête aux histoires que racontait son père et évitant soigneusement de se tourner vers Sam. À la fin du repas, celui-ci se décida à poser la question qui le préoccupait depuis qu'il avait compris qu'il lui faudrait revenir au plus vite à son époque :

– Vous parliez de travail, tout à l'heure. Vous avez une idée d'où je pourrais en obtenir ?

– Au Port aux vins, à coup sûr. Ils ont toujours des tonneaux à charrier. Je vous montrerai l'endroit demain, si vous le désirez.

– Et ils payent bien ? Je veux dire en bonnes pièces de monnaie ?

– Bonnes, bonnes… Ils vous payent comme un porteur, à proportion de la tâche effectuée ! Mais je vous avertis qu'on commence à 6 heures, là-bas, et si vous ne voulez pas rater l'embauche, il vaudrait mieux vous coucher tôt. Je vous réveillerai à l'aube, si cela vous arrange. À mon âge, de toute façon, on est debout de bon matin.

Samuel remercia Baltus et adressa un sourire qu'il espérait plein de chaleur à Yser. Une fois dans sa chambre, il se déshabilla et enfila les vieux vêtements de nuit que la servante avait déposés sur son lit – non sans lui avoir fait sentir combien sa présence était pour elle une charge supplémentaire. Il se glissa sous la couverture et se concentra sur le meilleur moyen de dénicher rapidement la pièce qui lui permettrait de rentrer chez lui. Bruges était à première vue une ville importante, rien à voir avec le monastère d'Iona ou le village de Set-Maât. C'était donc comme chercher une aiguille dans une botte de foin… Quoique à bien y réfléchir, lors de ses trois voyages précédents, la pièce ne s'était jamais trouvée très éloignée de la pierre sculptée : sur Iona, elle était dissimulée dans une grotte naturelle, à quelques centaines de mètres de la crique de Colum-Chill. À Fleury, durant la guerre, le caporal Chartrel avait été blessé à quelques maisons de la pierre. Quant à Ahmousis, le fils de Setni, il venait inspecter le tombeau de son père – scarabée au doigt – lorsque Sam était apparu. Pouvait-on en déduire qu'il fallait la proximité de la pièce – ou de la médaille, ou du bijou – pour activer la pierre sculptée ? Que si les deux n'étaient pas « réunies » dans un même périmètre, il n'y avait pas d'accès possible à une époque ? C'était une hypothèse… Qui signifierait alors que la pièce dont il avait besoin se cachait dans les environs du cimetière. Ou encore du côté des brigands. Ou encore du côté de Baltus et de sa fille… Mais ce n'était pas pour autant une certitude. Peut-être toutes les pièces de Bruges étaient-elles trouées ? Ou quelques-unes au moins ? Demain, il en aurait le cœur net.

Sam était sur le point de souffler sa bougie pour dormir lorsqu'il repensa au portable de Lili. Il l'extirpa de la poche de pantalon où il l'avait consciencieusement enfoui et examina l'écran : *jeudi 10 juin, 18 h 37*. Une heure à peine en plus ! Une heure de son époque à lui qui s'était écoulée, contre six ou sept heures qu'il avait réellement passées à Bruges. Le téléphone continuait à mesurer son temps d'origine !

Il parcourut les différents menus pour voir s'ils ne recelaient pas d'autres surprises. Internet, jeux, photographies, sonneries, messages, calculette, calendrier, GPS, Rudolf avait dû payer ce bijou une petite fortune. Sam essaya le GPS – des fois qu'il lui indique sa position exacte – mais le logiciel de repérage ne voulut pas fonctionner. Après tout, il s'en fallait de six siècles avant l'invention des satellites ! En naviguant dans les réglages, il déclencha par mégarde la sonnerie – *J'espère qu'il saura être saaaage / Oh ! oui…* – qu'il lui fallut étouffer sous les draps. Il ne manquerait plus que Baltus débarque en lui demandant le nom du groupe et le titre du *single* ! Au passage, les paroles de la chanson résonnèrent curieusement à ses oreilles, comme s'il était devenu presque étranger à sa langue maternelle. Son cerveau s'était habitué de façon remarquable aux sonorités en *kerk*, *brugge*, *zwyn*, etc. qu'il avait entendues tout l'après-midi. L'un des nombreux mystères de la magie égyptienne, sans doute.

Il entra ensuite dans la galerie de photos numériques stockées dans le portable. C'était très indiscret de sa part, mais les circonstances l'exigeaient. La plupart des clichés étaient consacrés à la peluche fétiche de sa cousine, une espèce de chien mou au poil ras et gris baptisé Zan, qu'elle avait photographié sous toutes les coutures. Zan la tête en bas avec les oreilles qui pendaient; Zan habillé d'un sac en plastique et d'un chapeau de pluie; Zan assis sur les toilettes... Il ne put s'empêcher de sourire. Il aurait donné cher, à cette seconde, pour serrer l'animal dans ses bras. Il y avait aussi trois autoportraits de Lili, pris de trop près et mal cadrés, les joues et le nez démesurément grossis. Sam sentit deux larmes lui monter aux yeux. Lili...

Il referma le téléphone, car mieux valait ne pas se laisser gagner par le blues. Et puis, il lui avait semblé percevoir un bruit du côté de l'entrée. Il se leva sur la pointe des pieds et traversa l'atelier, la bougie à la main. Il devait être plus de minuit, tout le monde était censé dormir... Il passa dans le couloir et retint sa respiration. Rien de suspect. Il avança jusqu'à la porte: le verrou était ouvert. Pour permettre à quelqu'un d'entrer ou pour sortir? À cette heure de la nuit et sous cette neige... Samuel actionna doucement la poignée et jeta un œil à l'extérieur. Des traces de pas partaient de la maison et se perdaient dans la rue déserte.

XIII

Les hamsters de Bruges

– Samuel… Samuel Waagen !

Samuel était très loin de là, au plus profond d'un abysse de fatigue et de sommeil. Ouvrir les yeux représenta un effort surhumain.

– C'est l'heure, mon garçon !

Il mit quelques secondes à reconnaître le visage penché au-dessus de lui, une bougie à la main. Baltus… Yser… Bruges…

– Debout ! Vous allez rater l'embauche !

Samuel avait la bouche pâteuse, les muscles engourdis et le cerveau aussi vif qu'une assiette de flan.

– L'embauche, répéta-t-il mécaniquement.

Il finit par se lever, s'habiller et rejoignit le vieil homme dans la demi-obscurité de la salle à manger. Un pot fumant était posé sur la table ainsi que des tranches de jambon séché, du fromage et une miche de pain blanc. Un bon feu flambait dans la cheminée et Baltus lui servit d'autorité un liquide noir et odorant dans une chope en métal.

– Buvez, ça va vous réchauffer.

Samuel avala une gorgée de ce qui ressemblait à un café brûlé avec un arrière-goût de cannelle. Étrange, mais pas désagréable.

– Comment va votre poignet ?

Baltus secoua sa main bandée.

– Il me fait souffrir, j'espère qu'il n'est pas cassé. Je vais profiter d'aller en ville avec vous pour rendre visite à mon médecin.

– Vous allez pouvoir continuer à peindre ? interrogea Sam en glissant du jambon et du fromage entre deux morceaux de pain.

– Il faudra bien ! J'ai le portrait de ma fille à finir et ce concours est dans deux jours ! Vous avez une curieuse façon de manger, Samuel Waagen, ajouta-t-il en le voyant mordre à belles dents dans son sandwich improvisé.

– C'est – chomp ! – c'est une habitude – chomp ! – que j'ai prise à Malines, assura Sam. Il y a tout de même quelque chose de bizarre dans cette affaire – chomp ! – remarqua-t-il. Je veux dire, à propos des brigands d'hier – chomp ! Que voulaient-ils au juste ?

– Eh bien, me voler, je suppose ! Que peuvent vouloir des voleurs sinon voler ?

– D'après ce que j'ai compris, ceux qui m'ont attaqué dans l'après-midi recherchaient un objet assez spécial. Une pièce ou un bijou, je crois, avec un trou au milieu.

Il observa attentivement la réaction de Baltus, mais celui-ci montra plus d'amusement que d'intérêt :

– Un trou au milieu ? Ça ne doit pas être un objet de valeur alors, si l'artisan qui l'a confectionné a ainsi économisé son métal et sa peine ! En outre, ils se sont contentés de vos vêtements, n'est-ce pas ? Parce qu'il arrive qu'ils se débarrassent de leurs victimes, vous savez... Nous ne sommes donc pas trop à plaindre, ni vous ni moi.

Samuel hocha la tête : Baltus paraissait tout ignorer de la pièce trouée. Ou alors, il était bon comédien. Sam avala le reste de son sandwich et, pressé par le vieil homme, se dépêcha d'enfiler le manteau à col de fourrure que le peintre gardait pour ses apprentis. Il le suivit ensuite dans la rue enneigée, où les premières lueurs du soleil perçaient difficilement entre les nuages gris. Tout était froid et immobile, comme dans un décor de film fantastique. On aurait pu croire à une reconstitution minutieuse d'un village médiéval, avec ses maisons hautes et étroites, ses toits pentus, ses décorations gothiques et ses poutres en bois en travers des murs. Ils traversèrent un pont à deux arches sous lequel dormaient des cygnes, le bec enfoui dans leur plumage, puis pénétrèrent dans l'enceinte intérieure de Bruges. Ils atteignaient là le cœur de la cité, plus densément bâti encore que le quartier Sainte-Anne. Les maisons étaient serrées les unes contre les autres et paraissaient se pencher pour mieux s'admirer dans les reflets du canal. La silhouette massive du beffroi, qui faisait la fierté des Brugeois, se dressait au-dessus des tuiles blanchies telle une sentinelle protectrice. Baltus se lança dans l'histoire de son édification, mais, fasciné par tout ce qu'il voyait, Samuel ne lui prêtait guère d'attention. Ils empruntèrent une succession de ruelles désertes, contournèrent une place couverte de tentes – elles accueillaient les serviteurs de la suite du comte – et parvinrent enfin au Port aux vins. Si le reste de Bruges se reposait après les fêtes de la nuit, marchands et porteurs s'activaient déjà en prévision des réjouissances du jour. Une dizaine de barques étaient amarrées au quai et l'on discutait ferme autour des tonneaux.

Baltus s'approcha d'un homme qui arborait un bonnet rouge et décrivait de grands moulinets avec sa canne.

– Holà, maître du port ! Voici l'un de mes apprentis qui cherche un peu de besogne. Auriez-vous du travail à lui confier pour ces jours de noces ?

Le maître du port considéra Samuel d'un œil expert.

– Il n'est pas taillé pour les charges, votre apprenti. Il est tout fluet comme s'il n'avait rien mangé d'une semaine ! Essaye de bouger cette barrique, un peu…

Il désignait un tonnelet qu'un gaillard trapu venait tout juste de rouler sur le pavé. Samuel se baissa, entoura la barrique de ses bras et, s'efforçant d'avoir l'air à son aise, tenta de la soulever. Il déchanta rapidement : elle pesait le poids d'un âne mort et refusa de décoller du moindre centimètre. Les autres portefaix qui avaient formé un cercle autour riaient à gorge déployée.

– On dirait que votre apprenti est à peine capable de soutenir sa tête, l'ami, railla l'homme au bonnet rouge. Mais s'il n'a pas de bras, il a peut-être des jambes ? Il me manque un *kranekind*, un garçon pour la grue. La paye est moins relevée, mais l'effort sera plus à sa mesure.

Samuel examina l'étrange construction en planches qui surplombait la partie gauche du quai et qu'il avait prise au départ pour un échafaudage. Elle ressemblait à une poule à laquelle on aurait coupé la tête, avec un corps ventru et un cou de plus en plus fin vers le haut. Il s'agissait en réalité d'une grue en bois dont les filins plongeaient dans les bateaux pour en extraire le chargement. Elle était actionnée par un grand tambour qui tournait sur lui-même et que deux garçons entraînaient en marchant à l'intérieur.

– Vous donnez combien ? s'enquit Baltus.

– Cinq deniers la demi-journée s'il n'est pas trop feignant, répondit le maître du port.

Baltus interrogea Sam du regard. Celui-ci n'avait aucune idée de ce que pouvaient représenter cinq deniers, mais plutôt que de se dégonfler, il fit oui de la tête.

– Entendu pour la demi-journée, conclut Baltus. Si le travail lui convient, il reviendra cet après-midi. Vous saurez rentrer à la maison, Waagen, j'imagine ?

Samuel acquiesça de nouveau puis écouta attentivement les consignes du maître du port : il suffisait, expliquait celui-ci, que les trois garçons marchent d'un même pas à l'intérieur du tambour, en prenant garde de ne pas se laisser emporter par la vitesse et à ne pas être déséquilibrés au moment de ralentir. Si des fois il faisait l'affaire, il serait repris pour la semaine.

Samuel attendit que la grue s'arrête et entra dans le cylindre par le côté. Ses deux nouveaux compagnons le saluèrent d'un grognement et Sam se rendit compte que, malgré la température, ils étaient en sueur. Au signal du chef, tous les trois commencèrent à trottiner en cadence, actionnant la roue par le simple frottement de leurs pieds.

– C'est bien, les gars ! Tous ensemble ! cria l'homme au bonnet rouge.

Au début, cela paraissait presque facile : Samuel n'avait qu'à calquer son rythme sur celui des deux autres *kranekinders* – les enfants de la grue – car pour le reste il marchait aussi bien qu'eux. Au bout d'un quart d'heure, cependant, son attention fut attirée par le mécanisme de l'engin, un jeu complexe de cordes et de poulies qui produisaient un bruit d'enfer au-dessus d'eux. Sa chaussure buta alors entre deux planches et il sentit le sol se dérober sous lui avant d'être ballotté comme un vulgaire paquet de linge dans une machine à laver. Par bonheur, le maître du port ne tarda pas à demander une pause, le temps de manœuvrer les barques. Ses deux compagnons soufflèrent tandis que Sam se relevait péniblement.

– C'est la première fois que tu tournes, hein ? lui jeta l'un des garçons dont l'œil était à moitié fermé – une blessure, une malformation ?

– Exact, fit Sam en se massant le dos.

– T'as intérêt à faire plus gaffe si tu veux pas qu'on ramasse aussi ta paye, ricana-t-il.

– Ouaip, renchérit l'autre, c'était aut' chose avec Melchior. Lui, au moins, il tenait sur ses cannes !

Le premier haussa les épaules.

– Sauf qu'avec ce qu'il a reçu sur la tête, il est pas près de revenir. Paraît-il qu'il a un trou comme le poing et qu'on lui voit la cervelle !

Samuel tendit aussitôt l'oreille.

– Un trou dans la tête ? Il lui est arrivé quoi ?

– Il s'est battu, à ce qu'il raconte. Ou plutôt, il s'est fait attaquer par-derrière, avec un caillou.

– Avec un caillou, répéta Sam, abasourdi.

– Crois-moi que le cochon qui a fait ça, si on lui met la main dessus… C'est qu'il en a des amis, le Melchior !

– Je vous comprends ! approuva Sam sur le ton le plus détaché possible. Et… il est à l'hôpital, maintenant ?

– À l'hôpital, Melchior ? Pourquoi pas avec les sergents du guet, tant que tu y es ! Non, comme on t'a dit, il a plein d'amis.

Le demi-borgne lui lança un coup d'œil – un demi-coup d'œil – du genre hostile.

– C'est-y que t'aimerais lui regarder la cervelle, toi aussi ?

– Euh non, sûrement pas, se défendit Sam. C'était juste histoire de parler.

– Alors tu ferais mieux de pas gaspiller ton souffle : y a une autre allège à décharger.

Le chef du port claqua entre ses doigts et les trois *kranekinders* durent reprendre leur marche absurde et sans fin à l'intérieur du tambour. Les hamsters de Bruges !

Au bout de trois ou quatre heures de ce régime, les jambes et les orteils en compote, Sam put enfin s'extirper de la roue infernale : la matinée de travail touchait à sa fin, il n'y avait plus aucune embarcation à vider et toutes les cargaisons de tonneaux avaient trouvé preneur. Il laissa ses deux compagnons se faire payer d'abord puis s'avança vers l'homme au bonnet rouge. Celui-ci fit la moue.

– Mouais… Tu as de la chance qu'ils connaissent leur métier ces deux-là, sinon je ne t'aurais pas gardé. Tu es trop lent et trop maladroit ! Pour la peine, je leur ai donné un denier supplémentaire à chacun. Un denier à toi, bien sûr !

Il plongea la main dans sa poche et en retira trois pauvres rondelles de métal qu'il lui tendit. Sam était moins déçu par sa mauvaise foi évidente que par l'absence de trou au milieu des pièces.

– Attendez ! Si je reviens cet après-midi, je pourrai avoir une autre pièce ? Une pièce trouée, par exemple ? Même si je dois travailler plusieurs jours ?

Le maître du port parut décontenancé.

– Une pièce trouée ? Pourquoi ça une pièce trouée ? Tu n'es pas d'ici, on dirait. Ni le sou ni le denier de Bruges n'ont jamais eu de trou ! Encore moins la livre ! Si c'est de l'argent trafiqué que tu cherches, c'est chez les changeurs qu'il faut aller voir. Ces gens-là manipulent toutes les monnaies imaginables, y compris les plus biscornues !

– Les changeurs ?

– Les changeurs, oui, sur la place de la Bourse ! Tu ne vas pas me faire croire que tu ne connais pas non plus les changeurs ?

Son ton devenait suspicieux.

– Les changeurs, s'exclama Sam, évidemment ! La place de la Bourse ! Ce que je peux être bête !

Le chef du port soupira et se détourna pour aller répondre à l'un des porteurs. Samuel fut tenté un instant de rattraper les deux *kranekinders* pour les interroger à nouveau sur le fameux Melchior – celui-là même, sans doute, qu'il avait assommé au cimetière – mais le risque était grand qu'ils devinent quelque chose et finissent par se retourner contre lui.

Samuel se dirigea donc au jugé vers le beffroi – qui sonnait tous les quarts d'heure – et demanda à une vieille dame emmitouflée dans une espèce de sac la direction de la place de la Bourse. En chemin, il put constater que la ville était maintenant bien réveillée : les rues étaient encombrées d'une foule compacte – hommes, chiens, chevaux – qui avançait par à-coups au rythme des charrettes et des discussions entre livreurs. La bonne humeur était de mise malgré la neige, et les passants commentaient avec enthousiasme les banquets et les joutes auxquels ils avaient pu assister la veille, ainsi que les distributions de pain et de viande qu'ils espéraient pour la journée. De loin, Sam aperçut l'arène, entourée de palissades et décorée de fanions, qui accueillait les tournois, mais aucun chevalier en armes ne traînait dans les parages. Dommage…

Dans le quartier des changeurs, l'agitation n'était pas moindre. La place de la Bourse était rectangulaire et bordée de maisons imposantes avec des fenêtres grillagées et des toits crénelés. Des tables sur tréteaux étaient disposées devant chaque façade, sous de petits auvents qui les protégeaient de la pluie. De chaque côté des tables, on s'apostrophait avec vigueur et il fallut à Sam un certain temps avant de comprendre de quoi il retournait : Bruges était un grand centre commercial qui attirait des marchands venus des quatre coins de l'Europe, chacun utilisant une monnaie différente. Le rôle des changeurs était donc de convertir ces monnaies en livres, sous et deniers de Bruges, afin de rendre les achats possibles. Le problème était de tomber d'accord sur la valeur exacte de ces monnaies, les marchands réclamant toujours plus et les changeurs offrant toujours moins. D'où les éclats de voix qui s'élevaient d'un peu partout. L'un des changeurs, qui parlait avec un accent prononcé, était particulièrement doué pour la comédie :

– À cé prix-là, Cortès, tou mé mets sour la paille ! As-tou pensé à mes enfants ?

– À d'autres, Bartolomeo, répliquait le dénommé Cortès. Tu es le banquier le plus gras de la place de Bruges ! Donne-moi ce que je te demande ou je m'en vais traiter ailleurs !

– Ah ! Cortès ! Tou m'arraches lé cœur ! C'est bien parce qué tou es mon ami et qué jé veux té satisfaire ! Mais jé souis presque mort ! Régarde comment mon sang il coule et comme mes larmes elles pleurent !

Il s'adressa au jeune homme assis derrière lui qui portait sur ses genoux une planchette avec des jetons :

– Enzo ! Calcoule s'il té plaît : 15 625 par 125 moins 5 de commission plous 3 dé rémise pour Cortès.

Enzo n'était apparemment pas très rapide et, comme il tardait à rendre son résultat, son patron le houspilla :

– *Ma Enzo* ! Tou es décidément lé plous bête des imbéciles dé toute cette ville ! Tou n'es plous oun neveu, tou es la calamité dé la famille !

Lorsque Enzo proposa enfin un chiffre, le changeur ouvrit le coffre qu'il gardait sous ses pieds et compta la somme dite.

Samuel n'eut pas le temps de bien voir, mais il lui sembla que la tirelire comportait bon nombre de compartiments et de pièces de toutes tailles. Si seulement on lui permettait d'y jeter un œil ! D'un pas décidé, il s'approcha de la table, mais il était déjà trop tard : Bartolomeo replaçait la précieuse réserve sous son banc. Sam passa devant lui l'air de rien et s'en alla se poster plus loin derrière un pilier. Un long moment encore, il observa le manège du banquier. Il devait bien exister un moyen de fouiller dans ce coffre !

XIV

Le secret de Van Eyck

Trois heures de l'après-midi venaient de sonner au beffroi de Bruges lorsque Sam se décida finalement à rentrer au quartier Sainte-Anne. Entre-temps, il avait bénéficié d'une distribution de pommes et de boules de pain et avait acheté un filet de hareng fumé – incroyablement salé – à un vendeur ambulant. Il avait maintenant soif à en vider l'eau du canal…

Bonne lui ouvrit la porte en faisant la grimace.

– Pas de bruit, surtout, Monsieur reçoit l'Écoutète.

– L'Écoutète ?

– Oui, le chef de la police, si vous préférez. Il vient prendre de ses nouvelles après l'attaque d'hier. Filez dans votre chambre, qu'il ne vous voie pas !

Mais Baltus avait dû entendre quelque chose car il les interpella depuis le salon.

– Bonne ? Est-ce notre jeune homme qui est de retour ?

– À l'instant même, monsieur, fit-elle, exaspérée.

– Parfait ! Amène-le, que je le présente à l'Écoutète.

Bonne s'exécuta en levant les yeux au ciel et Samuel fut bientôt introduit devant un personnage important, à la veste brodée de fils d'or et à la barbe finement taillée, qui posa sur lui un regard incisif.

– C'est donc ce garçon qui vous a sauvé, maître Baltus ? demanda-t-il d'une voix grave et profonde.

– Je ne serais pas là pour vous en parler si par miracle il n'était intervenu, messire !

– Par miracle, hein ? souligna l'Écoutète avec un drôle de sourire. Et que faisiez-vous dans le cimetière du Vieux-Bois, jeune homme ?

– Je me recueillais sur la tombe de ma tante, Marga Waagen.

– La vieille Marga ! J'ai discuté avec elle au marché aux poissons peu de temps avant sa mort. Elle était sourde d'une oreille et avait perdu la moitié de ses dents, vous le saviez ?

Samuel flaira le piège.

– Je ne la connaissais que de nom : c'était une parente de mon père et je ne l'avais jamais vue. Je suis orphelin, aujourd'hui, et je voulais tenter ma chance à Bruges.

– Orphelin, c'est commode, remarqua l'Écoutète. Quoi qu'il en soit, vous êtes arrivé à point nommé à ce qu'il semble ! Ces voleurs, tout de même, quelle audace ! Vous connaissez l'histoire du meunier Martens, Hans ?

Le vieil homme fit non de la tête.

– Cela s'est produit il y a huit ou neuf mois, si je ne m'abuse. Figurez-vous que Martens a connu une mésaventure semblable à la vôtre. Un soir, en quittant son moulin, il est assailli par des brigands. Par bonheur, un voyageur passe par là qui réussit à les mettre en fuite. Bien sûr, notre Martens le remercie, lui fait mille grâces, lui donne le gîte et le couvert et, de fil en aiguille, s'en fait un excellent ami. Eh bien, vous me croirez ou non, Hans, mais trois jours plus tard, à peine notre meunier avait-il le dos tourné que son soi-disant sauveur faisait entrer les brigands dans son moulin et qu'ils ont tout dévalisé !

Il lança un regard appuyé à Sam.

– On ne peut se fier à personne, hélas !

Baltus ne parut pas relever le sous-entendu. Il se contenta de proposer un verre de vin d'Allemagne à son hôte, qui refusa :

– Merci bien, Hans, je souhaitais juste avoir de vos nouvelles et en profiter pour offrir à votre fille ce modeste présent. J'aurais aimé le lui remettre en main propre, mais…

– Comme je vous l'ai dit, elle s'est rendue chez sa cousine. Elle ne devrait pas tarder, cependant.

– Malheureusement, mon cher, le comte m'attend pour régler les fêtes de ce soir. Présentez donc mes hommages à Mlle Yser et qu'elle me fasse savoir ce qu'elle a pensé de mon cadeau.

Il se leva en faisant claquer ses bottes et prit congé du vieux Baltus en ignorant superbement Sam.

– C'est un brave homme, cet Écoutète, s'exclama Baltus après son départ. Il fera un excellent mari pour Yser.

– Un mari ? s'étrangla Sam. Mais il a au moins le double de son âge !

– Bien sûr, et alors ? Il est veuf depuis trois ans, il est riche, il occupe un bel appartement dans le Prinsenhof, le nouveau palais que le comte Philippe se fait construire en ville, que demander de plus ? Yser a dix-sept ans, un âge où elle doit songer à s'établir. Comme je vous l'ai expliqué, mes affaires ne sont pas au mieux et je crains qu'il ne soit plus question de remporter l'argent du concours : mon poignet est fêlé, je ne peux plus tenir mes pinceaux. Cette union assurerait sa sécurité et son confort, elle n'aurait plus à se soucier de rien.

– Mais elle, elle est d'accord ?

– Ma foi, l'Écoutète est encore bel homme, non ? Et attentionné avec ça. Voyez ce qu'il a fabriqué de ses mains pour elle !

Il montrait sur la table un bougeoir en fer forgé qui avait plus ou moins la forme d'un arbre et dont les branches torsadées pouvaient supporter trois bougies. Fascinant.

– En plus d'être un artiste à sa manière, continua Baltus, c'est aussi un savant. Quand ses occupations de police lui laissent un peu de répit, il travaille ardemment son alchimie, dans l'espoir de fabriquer un jour de l'or ! Les alchimistes sont des gens cultivés, vous savez, pleins d'intérêt pour les sciences et le monde ! Et il n'a pas caché que, si Yser devenait sa femme, il l'associerait volontiers à ses travaux. Ne vaut-il pas mieux un mari qui ouvre à son épouse les horizons du savoir plutôt qu'un jeune imbécile qui ne s'occuperait que de lui faire des enfants ? Non, l'Écoutète est un excellent parti et…

Une odeur de brûlé monta à ce moment du couloir et Baltus se frappa la joue.

– Par le Seigneur tout-puissant, ma préparation d'huile !

Il se précipita vers l'atelier dont il ouvrit la porte à la volée. Une fumée noire montait du fourneau et envahissait la pièce.

– La croisée ! Donnez du frais !

Samuel courut vers la fenêtre et, après s'être battu avec le loquet, réussit à faire courant d'air.

– Maudite tête ! criait Baltus. J'ai complètement oublié ma cuisson ! Je ne suis plus bon à rien, ni à peindre ni à cuire !

Il attrapa le chaudron avec un linge puis, le tenant à bout de bras, balança sa mixture sur le gravier de la cour. Le tout sentait la vieille chaussette carbonisée et la pommade pour la bronchite.

– J'y étais presque ! Je suis sûr que j'y étais presque !

– C'était… c'était si important ? risqua Samuel.

– Deux ans, mon garçon, deux ans que j'essaye de percer le secret de Van Eyck ! Si je parvenais à obtenir sa maîtrise de l'huile, mes tableaux se vendraient tellement mieux !

Samuel ne put dissimuler sa surprise.

– Van Eyck, vous voulez dire le peintre ?

Mlle Delaunay leur avait parlé de Van Eyck, une fois. Mais Sam n'avait pas du tout fait le rapprochement avec Bruges !

– Le peintre, bien sûr, qui d'autre ? Il est le favori du comte Philippe et celui-ci l'emmène partout. Depuis quelque temps déjà, il a mis au point une nouvelle technique pour rendre ses couleurs plus éclatantes et plus lumineuses, comme si la lumière sortait littéralement du tableau ! L'effet est saisissant et, grâce à ses qualités d'imaginier, ses portraits font l'admiration de tous. Chacune de ses œuvres vaut vingt fois le prix des miennes !

Samuel se garda d'objecter que Van Eyck avait peut-être aussi vingt fois plus de talent : il était, selon son professeur, l'un des plus grands artistes du Moyen Âge.

– L'année dernière, par une indiscrétion de son entourage, poursuivit le vieil homme, j'ai appris que, pour obtenir des couleurs si parfaites, il ajoutait un produit secret à ses pigments et à son huile. Depuis, je m'efforce de découvrir ce que peut bien être ce produit... Croyez-moi, j'en ai passé des nuits blanches au-dessus de mon fourneau, à essayer toutes sortes de recettes ! J'en étais au clou de girofle aujourd'hui, et je ne désespérais pas d'aboutir. Par malheur, tout est gâché ! Mais c'est la faute de Van Eyck, aussi ! Au lieu de faire tant de mystères, s'il partageait ses nouveautés avec la guilde !

Baltus était hors de lui et il ne vit pas Sam qui blêmissait. Le secret de Van Eyck... Il le connaissait, lui, le secret de Van Eyck ! Mlle Delaunay leur avait expliqué que, sans avoir inventé la peinture à l'huile, Van Eyck avait révolutionné son usage : aux pigments broyés qui donnaient les teintes et à l'huile qui servait à les mélanger, il additionnait une substance qui faisait ressortir les couleurs et les rendait plus faciles à travailler. Or, cette substance mystérieuse...

Pour la première fois depuis qu'il « voyageait », Samuel se trouvait devant un cas de conscience. Fallait-il avouer à Baltus le secret de Van Eyck ? N'était-ce pas prendre le risque de changer le cours de l'histoire ? Il existait un tas de films où le seul fait de modifier un détail du passé avait des répercussions incalculables sur l'avenir. Était-ce le cas ici aussi ? Samuel hésita... Bien sûr, tout aurait été très différent si Baltus avait vécu *avant* Van Eyck. Lui révéler les méthodes du grand peintre alors que celui-ci ne les avait pas encore inventées aurait été une grave erreur. Mais Baltus et Van Eyck vivaient à la même époque, ils habitaient la même ville... Par ailleurs, Baltus s'était montré très généreux avec Sam : l'aider dans ses recherches était une façon de le remercier. Encore fallait-il le faire avec doigté...

– Avez-vous essayé l'essence de térébenthine ?

Baltus resta interloqué.

– Les quoi ?

– L'essence de térébenthine.

– Vous voulez dire la térébenthine de Venise ?

– Euh oui. Mon... mon grand-père disait l'essence de térébenthine.

– Que vient faire ici votre grand-père ?

Sam, justement, se le demandait.

– Eh bien... Il se trouve que mon grand-père peignait un peu, lui aussi.

– Votre grand-père était peintre ?

– Non, pas vraiment. Il...

Samuel avisa un pot en terre sur l'établi où étaient rangés les pinceaux.

– Il peignait sur des pots.

– Des pots ?

– Enfin, des vases. Oui, c'est ça, des vases… Il décorait des vases à la peinture.

– Ma foi, l'idée est curieuse, mais elle n'est pas mauvaise. Et quel rapport avec la térébenthine de Venise ?

– Mon grand-père répétait toujours : « Tu vois, Samuel, pour que les couleurs soient lumineuses, il faut mettre un peu d'essence de térébenthine. »

– De la térébenthine de Venise, réfléchit Baltus. Après tout, pourquoi pas ? C'est une résine noble qui pourrait se mêler avantageusement aux couleurs. Évidemment, nous devrons déterminer sa température de cuisson, mais, ajoutée à l'huile et aux pigments, elle donnerait du liant et une certaine transparence… La térébenthine de Venise ! Je n'y avais pas pensé, je l'avoue !

La porte sur la rue claqua et Yser, affolée par l'odeur et la fumée, se mit à crier :

– Papa ? Papa, tout va bien ?

– Je suis dans l'atelier, ma chérie !

La jeune fille entra en courant, les joues rosies par le froid.

– Papa, qu'est-ce que… ?

– Ce n'est rien, la rassura Baltus, une préparation qui a brûlé. Mais notre ami ici présent m'a fait une suggestion de première importance ! Je m'en vais chez l'épicier de la Grand-Place, acheter quelques produits. Pendant ce temps…

Il observa tour à tour Samuel et sa fille.

– Vous aimez la peinture, m'avez-vous dit, monsieur Waagen ? Vous n'êtes pas maladroit ? Seriez-vous capable de finir ce tableau ?

Il désignait le portrait d'Yser sur la table inclinée.

– Moi ?

– Oui, vous ! Qu'avons-nous à perdre ? Je ne pourrai le terminer moi-même avant plusieurs jours et il sera trop tard à ce moment-là ! Le visage est bien avancé, le cou et le chapeau aussi, il n'y a qu'à terminer les mains et les plis de la robe. Au pire, si le résultat n'est pas bon, nous le garderons pour nous ! Et s'il est acceptable, nous tenterons notre chance. Qui sait, peut-être avez-vous hérité un peu des dispositions de votre grand-père ?

Samuel n'en revenait pas. Baltus lui proposait de peindre pour de vrai ! Et Yser, en plus !

– Je ne suis pas sûr de savoir, je…

– Allons, allons, pas de ça entre nous ! Je vous le demande comme un service ! Yser, ma belle, ne fais pas attendre ce jeune homme et va passer ta robe. Mes couleurs sont déjà sur la palette, vous voyez, je les avais préparées tout à l'heure. Il suffira de les rafraîchir avec un peu du liquide que vous avez ici. Procédez par touches légères, surtout pour les mains. Quant à la robe elle-même, c'est la partie la plus sombre, vous aurez moins de mal. Simplement, gardez-vous de retoucher ce que j'ai déjà fait et progressez avec prudence. Et rappelez-vous, quoi qu'il arrive, nous n'aurons rien à regretter !

Baltus attrapa son manteau et sortit en trombe comme si la maison allait prendre feu. Samuel se retrouva seul dans l'atelier, incertain quant à ce qu'il devait faire. Il examina le portrait, réussi dans l'ensemble mais sans génie véritable, avec des parties encore blanches où les formes n'étaient que crayonnées. Samuel n'avait jamais travaillé sur un panneau de bois recouvert de lin, mais puisque Baltus l'y poussait…

Yser redescendit au bout de quelques minutes, vêtue d'une

splendide robe en velours noir. Elle s'assit dans le fauteuil aux accoudoirs dorés, juste devant le chevalet. Sans un mot, elle prit la pose, et Sam commença à mélanger ses couleurs. Il choisit un pinceau, et lorsque le rose orangé fut assez pâle à son goût, il esquissa les mains de la jeune fille. Les siennes tremblaient en appliquant les premières touches, mais au fur et à mesure que les doigts fins et délicats prenaient vie sur la toile, il se sentit plus en confiance. Il osait même la regarder, comme un peintre qui cherche à saisir l'expression de son modèle. Sa ressemblance avec Alicia Todds était toujours aussi troublante, une Alicia Todds de dix-sept ans, plus mûre, aux yeux légèrement arrondis et au visage plus grave. Après une demi-heure de ce face-à-face silencieux, Yser brisa enfin la glace :

– Vous êtes un drôle de garçon, décidément, monsieur Waagen. Vous surgissez du cimetière pour nous sauver, vous mettez mon père dans tous ses états en lui livrant je ne sais quelle recette et voilà aussi que vous savez peindre !

Samuel n'était pas certain qu'il s'agisse là d'un compliment.

– Vous êtes aussi méfiante que l'Écoutète, on dirait !

– L'Écoutète ? Il est venu ?

– Tout à l'heure, oui. Je crois qu'il vous cherchait. Il a même apporté un cadeau pour vous.

Samuel vit les mains de la jeune fille se contracter légèrement.

– Votre père m'a dit que vous alliez vous marier ?

– C'est sa volonté, répondit Yser un ton plus bas.

– Ce n'est pas la vôtre ?

– Une fille doit obéir à son père, n'est-ce pas ?

Il y avait autant de chaleur dans sa voix que dans les eaux glacées du canal. Samuel n'insista pas. Il rinça son pinceau et ajouta une goutte de liquide sur les couleurs sombres de la palette. Il lui fallait un noir qui soit à la fois profond et qui évoque le velours de la robe. Un noir un peu épais et tirant sur le prune conviendrait parfaitement.

– Vous allez demeurer longtemps chez nous ? interrogea Yser après une pause.

– Je ferai aussi vite que possible, rassurez-vous. Le temps de… le temps de gagner un peu d'argent.

– En faisant tourner la grue ?

– Si je n'ai pas d'autres moyens…

– On raconte que les *kranekinders* ne sont pas très fréquentables, pourtant. Certains mêmes ne seraient que de petits voleurs.

Elle aussi le voyait complice des bandits du cimetière ! Une obsession, décidément !

– Je vous rappelle que c'est votre père qui m'a proposé d'aller m'embaucher au port. J'arrive à peine à Bruges, je ne connais personne. Et surtout pas ceux qui vous ont attaqués hier, si c'est ce que vous voulez savoir.

Yser hésita avant de répondre.

– Je veux bien vous croire, Samuel, lâcha-t-elle finalement.

Baltus était dans un état d'excitation avancé : cela faisait bien trois heures depuis le dîner qu'il tournait autour de son fourneau, alimentait le feu avec du bois, rajoutait un peu d'huile et de térébenthine, remuait le tout avec des délicatesses de grand chef. L'odeur était à ce point nauséabonde qu'il avait fallu laisser les fenêtres ouvertes malgré la température polaire. Sam, les doigts engourdis par le froid, le col relevé jusqu'au nez, faisait de son mieux pour paraître attentif, alors qu'il n'avait qu'une seule envie : dormir. Mais il lui restait une dernière tâche à accomplir et il aurait été impoli de manifester son impatience.

– Nous y sommes ! s'enthousiasma Baltus. Regardez la couleur de cette pâte ! Et cette onctuosité ! Je crois que je touche au but ! Apportez-moi le bocal en verre, s'il vous plaît.

Samuel s'exécuta comme un zombi. Le vieil homme posa l'espèce de bouteille sur le coin du fourneau et plaça un entonnoir sur le goulot. Puis il versa avec précaution le contenu de la casserole, un liquide ambré dont les vapeurs piquaient les yeux.

– Voilà ! Nous allons laisser refroidir la préparation jusqu'à demain. Je la filtrerai dans un petit tamis et je la ferai cuire une deuxième fois. Ensuite…

Son regard brillait comme celui d'un enfant.

– Ensuite, je ferai un premier essai avec la peinture. Et si Dieu le veut… Mais je vous ai assez ennuyé pour ce soir, mon garçon, il est temps d'aller nous coucher.

Il recouvrit le flacon d'un linge humide et, tandis que Sam fermait la fenêtre, commença à souffler les chandelles.

– Bonne nuit, Samuel Waagen, lança-t-il, et merci pour la térébenthine de Venise !

Samuel fit mine de partir vers sa chambre mais, dès que la lumière du vieux peintre eut disparu dans l'escalier, il rebroussa chemin. Il avait besoin d'un instrument capable de couper du tissu ou de la peau. Il ne trouva pas de ciseaux et prit deux couteaux pointus sur l'établi. Dans la pénombre, le portrait d'Yser avait quelque chose de lugubre, mais Sam était tout de même fier des mains de la jeune fille : on aurait presque pu les croire exécutées par Baltus lui-même. Presque…

Une fois sur son lit, il descendit le téléphone de sa cachette – au-dessus d'une poutre – et regarda la date : *jeudi 10 juin, 23 h 11*. Six heures environ depuis qu'il avait quitté son époque à lui… C'était encore acceptable, même si Grand Ma' devait se faire un sang d'encre et que Lili s'inquiétait sans doute aussi. Surtout, supplia-t-il, qu'elle ne s'arrête pas de penser à lui !

Samuel se concentra alors sur les fonctions du portable : il avait plusieurs projets pour le lendemain. D'abord, faire quelques photos de la ville. Bruges sous la neige en 1430, scoop planétaire garanti ! Mais pour cela, il faudrait bien sûr opérer discrètement. Si on l'attrapait avec ce genre de matériel, c'était la prison ou le bûcher assurés.

Il se déshabilla et commença à examiner la veste qu'il avait « empruntée » la veille à l'un des brigands – Melchior, d'après la conversation des deux *kranekinders*. Cette veste était en peau avec une doublure en laine cousue. Peut-être y avait-il moyen de découper une sorte de poche pour glisser le téléphone, tout en ménageant une petite ouverture afin de l'utiliser sans se faire voir ? Au besoin, il suffirait de demander du fil et une aiguille à Bonne dès son réveil.

Sam inspecta l'intérieur du vêtement à la recherche du meilleur endroit pour inciser. Il tomba sur une fente pratiquement invisible sous la manche gauche : la veste avait déjà sa propre poche ! Il passa deux doigts dans l'épaisseur de la doublure : l'espace était suffisant pour y loger un portable, à condition d'élargir un peu la partie haute et… Il sentit soudain du papier sous ses doigts. Un papier soigneusement roulé… Il le sortit à la lumière et le déplia. C'était très mal écrit, presque illisible, et Sam dut s'y reprendre à plusieurs fois avant de le déchiffrer :

Au nom de Dieu, amen. Le 7 janvier à Bruges. Le porteur recevra sur mon compte au banquier Grimaldi, livres 3 et sous 12, payables à partir du 11, sans manifestation de ma part et selon bonne exécution. Dieu vous garde toujours.

Il y avait aussi une signature, mais plus indéchiffrable encore que le reste. Que pouvait bien signifier ce texte ? Il était question d'argent, d'un banquier Grimaldi, d'un porteur – comme au Port aux vins ? – de manifestation, d'exécution… Le tout se déroulant ces jours-ci. Le fameux Melchior avait-il volé ce papier à l'une de ses victimes avec l'espoir d'en tirer quelques pièces ? Samuel comptait de toute façon revenir le lendemain place de la Bourse. Si un banquier était concerné par l'affaire, c'est là-bas qu'il aurait une chance d'en apprendre davantage. Et puis, il avait une autre idée en tête…

Samuel bâilla à s'en décrocher la mâchoire. Cette poche tombait à pic, elle lui ferait gagner de précieuses minutes. Avec son couteau le plus tranchant, il découpa dans la peau une fenêtre de quatre centimètres sur quatre environ, qui lui permettrait de faire quelques photos au hasard, sans crainte d'être vu. Si les prises n'étaient pas bonnes, il n'aurait qu'à les recommencer. C'était cela aussi la magie du XXIe siècle !

Il se pelotonna avec délices sous les couvertures. Dormir, enfin ! Il lui sembla bien entendre comme un frottement du côté de l'entrée, mais il était trop épuisé pour bouger un cil.

XV

Trois livres et douze sous

– Quand faut y aller, faut y aller, s'encouragea Sam en prenant une grande inspiration.

Il traversa d'un pas décidé la place de la Bourse et fendit la cohue des marchands et des promeneurs. Il faisait un peu meilleur que les jours passés et la neige commençait à fondre sur le pavé, se transformant en une sorte de bouillasse battue et rebattue par les chaussures et les sabots. Il y avait toujours autant de monde en ville et Sam avait pu enfin apercevoir sur l'aire des tournois les chevaliers revêtus de leurs armures, entourés d'écuyers et de hérauts qui vantaient leurs exploits en soufflant dans des trompettes. Les casques et les écus colorés luisaient dans le soleil de midi et Sam fut impressionné par les carapaces de métal et la taille des montures : de vraies machines de guerre. Les chocs étaient formidables, les lances se brisaient avec des craquements sinistres sous les acclamations de la foule, et les combattants tombaient à terre en soulevant des gerbes de poussière et de boue. En écartant le pan de son manteau, Sam était parvenu à prendre trois ou quatre photos malgré la bousculade. Il ne s'était cependant pas attardé, car il avait mieux à faire.

Arrivé sous les auvents, il n'eut aucun mal à repérer le changeur Bartolomeo : c'était celui qui parlait le plus fort. Son neveu était toujours à sa gauche, tête baissée sur sa table de compte. Sam attendit qu'un nouveau client se présente : il glissa alors la main dans sa veste pour prendre son téléphone et le mettre en mode calculette. Une partie de son avenir se jouait maintenant.

Après les politesses d'usage, la négociation s'engagea entre les deux hommes : le marchand, un petit chauve rondouillard qui venait à Bruges pour acheter des draps, souhaitait changer six cent quarante-deux ducats de Venise en livres et sous de Bruges. D'après ses observations de la veille et les précisions fournies par Baltus, Sam avait appris que la livre valait vingt sous et le sou douze deniers, ce qui mettait la livre à deux cent quarante deniers. Pour lui qui était habitué au système décimal, cela compliquait un peu les choses, mais il s'était entraîné.

– Oun sou et cinq déniers lé doucat, proposa Bartolomeo.

– Un sou et sept deniers, rétorqua l'autre.

– Gabriel ? Tou veux qué jé ferme la boutique ? Qué j'ai fait faillite d'ici la foire prochaine ? Oun sou et six déniers lé doucat, Gabriel, jé né peux pas plous.

– Marché conclu, grommela l'autre.

– Enzo, s'il té plaît ! 642 doucats, pour oun sou et six déniers lé doucat.

Le neveu se mit à manipuler ses jetons tandis que Sam, la tête à moitié cachée dans son manteau – merci l'écran éclairé –, tapait frénétiquement : 1 sou vaut 12 deniers, réfléchit-il, donc 1 sou et 6 deniers = 1,5 sou. 642 ducats × 1,5 sou = 963 sous.

Une livre vaut 20 sous, il y a donc: 963/20 = 48,15 livres dans 642 ducats. Je prends 48, je mets en mémoire. Reste les 0,15 livre à convertir en sous. 1 livre = 20 sous, donc 0,15 livre = 0,15 x 20 sous = 3 sous – c'était à ce genre de gymnastique qu'il s'était préparé. Combien de livres déjà? Touche mémoire: 48.

– 48 livres et 3 sous, annonça-t-il haut et fort.

Le calcul lui avait peut-être pris quarante secondes en tout. Bartolomeo et son client se tournèrent vers lui, intrigués.

– 48 livres et 3 sous, répéta-t-il, je vous assure.

Enzo, troublé par cette concurrence inattendue, s'y reprit à deux fois avant de pouvoir confirmer, avec au moins deux minutes de retard:

– Euh, oui, mon oncle. 48 livres et 3 sous, c'est ça.

Bartolomeo fixa Sam sans rien dire et paya l'acheteur de draps après avoir tiré prestement son coffre sous le banc. Un deuxième marchand ne tarda pas à s'avancer, qui souhaitait, lui, convertir 300 réaux en monnaie de Bruges. La discussion fut plus âpre encore – Bartolomeo menaçait de s'ouvrir les veines! – avant que les deux compères ne parviennent à s'entendre sur le taux de change: 1 réal pour 35 deniers.

– Enzo, lança Bartolomeo tout en guettant Sam du coin de l'œil. 300 réaux à 35 déniers lé réal.

Samuel ne perdit pas une seconde. 300 réaux fois 35 deniers faisait 10 500 deniers. 1 livre valant 240 deniers, 10 500 deniers équivalaient à: 10 500/240 = 43,75 livres. Même calcul avec les décimales que tout à l'heure: 1 livre = 20 sous, donc 0,75 livre = 0,75 x 20 sous = 15 sous.

– 43 livres et 15 sous, déclara-t-il fièrement.

Le pauvre Enzo, manifestement ébranlé, mit un temps interminable avant de parvenir au même résultat. Une fois le client parti, Bartolomeo s'adressa directement à Sam:

– Qu'est-ce qué tou cherches ezactement, pétit ?

– Du travail, répondit Sam avec aplomb.

– Tou veux dire, pour faire les calcouls ?

– Exactement.

– *Ma*, tou as oun sécret, non ?

Samuel avait prévu la question : il montra l'intérieur de sa veste de laine où il avait dessiné un vague quadrillage au fusain avec de vagues chiffres destinés à lui servir d'alibi.

– J'ai mon propre système. Je compte sur mes doigts et avec ça.

– Si jé té pose la question dé 543 par 956 ?

Samuel répéta son manège, camouflé sous son manteau :

– 519 108, fit-il presque instantanément – et pour cause !

Bartolomeo l'examinait pensivement. Soudain, il sembla prendre sa décision.

– Enzo, pourquoi tou n'irais pas régarder oun peu les tournois, non ? Il y a les chévaliers d'Italie, aujourd'hui... Tou retourneras quand lé beffroi il sonnera la cinquième heure, *capito* ?

Son neveu ne se fit pas prier et, passant derrière Sam pour lui céder sa place, il lui chuchota :

– Merci ! Revenez chaque après-midi si ça vous chante !

Samuel s'assit devant la table aux jetons en prenant soin de s'appuyer de biais sur le mur afin de manipuler le téléphone à l'abri des regards. Première étape réussie.

– Enzo, c'est mon neveu. Il est bon calcoulateur, *ma* il est lent comme la limace ! Et moi, jé n'ai plous mes yeux d'il y a vingt ans, j'ai bésoin d'oune aide. Si j'avais lé quelqu'un comme toi tous les jours...

Il se mit à parler plus bas pour éviter que les autres ne l'entendent :

– Combien tou démandes, pétit ?

– C'est-à-dire… commença Sam. Je cherche une pièce en particulier. Une pièce avec un trou au milieu. Vous auriez ça ?

Bartolomeo se gratta la tête : décidément, ce garçon n'était pas ordinaire ! Il se baissa pour prendre sa cassette et fouilla un instant à l'intérieur.

– Jé crois j'en ai récoupéré oun ou deux d'oun vendeur dé fourrure. C'était mon jour dé bonté cé jour-là, mais jé m'en souis mordou les doigts après : personne il veut les pièces de Hongrie ou jé ne sais plous laquelle dé ces régions récoulées.

Il les exhiba de loin, deux cercles de métal d'un jaune triste et sans éclat – du cuivre ? Elles avaient apparemment la bonne taille et, surtout, elles étaient évidées au centre. Bingo !

– Si tou travailles comme il faut, tou les auras tous les deux, pétit.

Samuel frissonna : il avait eu raison sur toute la ligne ! Les pièces se trouvaient bien chez le manieur d'argent ! Quelques calculs encore et…

Justement, un nouveau client approchait, qui tenait à la main une bourse en cuir. Il la vida sur le comptoir.

– J'ai 1 000 florins pour toi, Bartolomeo, lança-t-il. J'en veux un bon prix et vite, avant que la halle aux draps ne ferme !

Une centaine de multiplications, autant de divisions, des dizaines d'additions et de soustractions, à quoi il fallait ajouter quelques pourcentages, Mme Cubert aurait été fière de lui : Samuel n'avait jamais mis autant d'ardeur à faire des mathématiques ! Il avait eu certaines difficultés à une ou deux reprises – avec le gros de Strasbourg, notamment – mais Bartolomeo s'était révélé plutôt patient, lui expliquant que Rome ne s'était pas construite en un jour – en oun jour, précisément.

Ses prouesses avaient même fini par attirer quelques curieux qui applaudissaient à la rapidité de ses réponses. Assurément, Sam avait une brillante carrière de « calcoulateur » devant lui, du moins tant que le téléphone aurait assez de batterie. Au bout d'un moment, cependant, les marchands devenant plus rares, Bartolomeo estima qu'ils en avaient fini pour la journée. Il proposa à Sam de revenir le lendemain, lui faisant miroiter d'autres pièces extraordinaires – celles dont il comptait se débarrasser, probablement – mais Sam resta évasif. Une fois qu'il eut entre les mains les deux rondelles métalliques et qu'il se fut assuré que leur diamètre correspondait – à peu près – à celui de la pierre sculptée, il demanda une dernière faveur au changeur :

– Il y a ce papier que je voulais vous soumettre, monsieur Bartolomeo. On me l'a donné, mais je n'ai pas tout compris.

Il lui tendit le message qu'il avait découvert dans la poche secrète de Melchior. Bartolomeo ajusta ses lorgnons sur son nez et commença à lire :

– « Lé 7 janvier à Brouges. Lé porteur récévra sour mon compte au banquier Grimaldi, livres 3 et sous 12, payables à partir dou 11, sans manifestation dé ma part et selon bonne exécoution. Dieu vous garde toujours. » C'est oun billet à ordre, ça.

– Un billet à ordre ?

– *Si*. Céloui qui a écrit lé billet, il a oun compte chez lé banquier Grimaldi et l'autre à qui il a donné lé billet, il peut aller chercher trois livres et douze sous dépouis lé 11.

– Et le porteur ?

– Lé porteur ? *Ma*, c'est toi ! C'est toi qui portes lé billet, non ?

– Vous voulez dire qu'en allant chez le banquier Grimaldi, je peux toucher la somme ?

– *Si, ma* il y a oune condition : qué lé signataire dou billet il se soit pas manifesté pour déposer l'ordre contraire et qué vous ayez exécouté la mission qu'il a démandée.

– La mission ?

– La mission, bien sour ! C'est marqué dans la lettre : « selon bonne exécoution ». Lé banquier, il paiera qué si la mission elle est exécoutée avant et qué lé donneur d'ordre il a pas changé d'avis. Si lé travail tou l'as pas bien fait, lé donneur d'ordre il va dire à Grimaldi dé pas payer. Ça n'était pas cé qui était prévou ?

– Euh, oui, évidemment. Mais c'est un peu compliqué pour moi.

– Et lé travail, il consistait en quoi ?

– Des... des calculs. Des tas de calculs. Mais pourquoi me payer avec ce genre de lettre plutôt qu'avec des pièces véritables ?

– Lé billet à ordre, il est très courant par ici. Il permet aux marchands dé payer les gens à distance. J'écris les billets à Rome, jé té l'envoie, et toi tou té fais donner l'argent à Brouges. Comme ça, l'argent il voyage pas, il y a qué lé papier. C'est moins dangeroux.

– Et ce banquier Grimaldi, on peut le rencontrer où ?

Bartolomeo tendit le doigt.

– Jouste en face !

Samuel le remercia et traversa la place en serrant les pièces dans sa main. Rien qu'un petit détour avant de rentrer à la maison... À trente mètres de là, il se planta devant un étal où étaient empilés de gros livres avec un vieil homme sec dissimulé derrière.

– Ce jeune garçon désire ? demanda Grimaldi avec un sourire forcé.

Samuel posa le billet à ordre sur la table. Moins il en dirait, moins il risquerait de s'attirer des ennuis. Les longs doigts tachés et ridés comme du vieux parchemin s'emparèrent du papier et les deux yeux méfiants le parcoururent. Une lueur d'intérêt s'alluma en voyant la signature.

– Ah, vous venez de la part de M. Klugg, très bien !

M. Klugg, Sam ne le connaissait ni d'Ève ni d'Adam, ce qui ne l'empêcha pas de hocher la tête avec conviction. Au fur et à mesure que le banquier prenait connaissance de la lettre pourtant, Sam vit ses traits se figer.

– Trois livres et douze sous, murmura-t-il d'une voix faussement convaincue. Oui, oui, c'est parfait. Je m'en vais vous chercher cela.

Il se leva de sa chaise et gagna l'entrée de la boutique derrière lui.

– Ne bougez pas, ajouta-t-il, je vous apporte la monnaie.

Samuel le vit disparaître par la porte puis réapparaître en ombre chinoise derrière l'une des vitres de la banque. Grimaldi faisait de grands gestes avec ses bras comme pour appeler ses serviteurs. Deux silhouettes se matérialisèrent à ses côtés et il parut distribuer ses ordres en montrant l'extérieur. « Aïe, pensa Sam, c'est pour moi… » M. Klugg avait-il averti le banquier qu'on lui avait pris son billet ? Si c'était le cas, Grimaldi allait prévenir la police. Or, ce n'était pas le moment – ce n'était jamais le moment !

Sans attendre que quelqu'un sorte en criant au voleur, Samuel s'éloigna sous les auvents. Arrivé à l'extrémité de la place, il se mit à courir pour se fondre dans la foule. Voilà qui lui apprendrait à être trop curieux !

Les pièces ne marchaient pas… LES PIÈCES NE MARCHAIENT PAS ! Il avait eu beau les tourner et les retourner dans tous les sens, la pierre sculptée n'avait rien voulu savoir.

Elles étaient de la bonne taille pourtant, quoique avec des bords irréguliers. Mais rien à faire : aucun signe de chaleur, aucun début de frémissement. Une pierre froide et morte, comme toutes celles du cimetière ! De rage, Sam les avait jetées dans un fossé. Il était bloqué à Bruges !

Inutile de dire que la soirée avait été plutôt morose. Yser lui avait adressé la parole en lui demandant à quoi il avait passé ce long après-midi, mais Sam n'avait répondu que par de lointaines allusions sur la nécessité pour lui de gagner de l'argent. Quant à Baltus, il était doublement surexcité. D'abord à l'idée de présenter son tableau le lendemain au concours, mais aussi parce qu'il s'imaginait sur le point de percer le secret de Van Eyck.

– Je suis tout près, je le sens ! L'huile est encore trop visqueuse pour être mélangée à la couleur, mais il suffit de presque rien ! La guilde m'élira bientôt premier maître !

Il avait apparemment oublié le rôle de Sam dans ses progrès spectaculaires... Cerise sur le gâteau, Bonne était toujours aussi aimable, lui servant moitié moins de bouillon gras qu'aux autres ou lui donnant en guise de viande un morceau d'os sans chair. De toute façon, il n'avait pas faim.

Il était maintenant plus de minuit et Sam était étendu sur son lit, les yeux grands ouverts. Il s'était cru malin avec cette histoire de changeur, mais il avait perdu un temps précieux. Dans quelle direction chercher, désormais ? La chapelle du cimetière était hermétiquement close et il n'avait rien trouvé en s'aventurant dans le Vieux-Bois. Où donc était la pièce ? Et son père ? Comment pourrait-il sauver son père s'il n'était pas capable de se sauver lui-même ?

Seul sujet de satisfaction : les photographies. Pas celles du tournoi, floues et mal cadrées – les chevaliers semblaient porter des déguisements de fête de fin d'année – , mais les vues de

Bruges qu'il avait prises en allant au cimetière. Les murailles, le beffroi, les clochers, le panorama de la ville… C'était déjà ça.

Un léger craquement dans le couloir. La porte d'entrée, à nouveau ! Cette fois-ci, Sam n'avait pas du tout sommeil. Il s'habilla à la hâte et sortit de l'atelier sur la pointe des pieds. La clé était tournée, le verrou ouvert. Dehors, la neige des derniers jours avait cédé la place à une fine couche de boue noirâtre. Les traces de chaussures partaient vers la droite. Qu'avait-il à perdre ? Il s'engagea dans la rue en finissant de boutonner son manteau. Le mystérieux promeneur se dirigeait apparemment vers le canal. Samuel lui emboîta le pas à distance et, après avoir croisé trois ou quatre ruelles, déboucha sur le pont qui enjambait la Reie. Il n'y avait plus personne à l'horizon…

Il se sentit brusquement happé par-derrière.

– Le voilà donc le petit mouchard !

Une poigne solide s'était abattue sur son bras, l'obligeant à pivoter. Un grand jeune homme aux cheveux blonds lui faisait face en grimaçant.

– Je savais bien que t'étais dans le coup ! Baltus se fait rouler dans la farine !

Derrière ses larges épaules et sa crinière en bataille, Sam aperçut la silhouette d'Yser, un capuchon sur la tête. Yser !

– Tu la suivais, hein ?

– Non, répliqua Sam en essayant de se dégager. J'ignorais que c'était elle ! Ça fait trois fois que quelqu'un sort de la maison la nuit et…

– Tu la suivais, oui ! De même que tu fais partie de la bande qui les a attaqués ! À mon tour de te donner une correction !

– Attends, Friedrich ! intervint Yser. Il n'est pas sûr qu'il mente. Il s'agit peut-être d'une coïncidence.

– Une coïncidence ? Il aurait déboulé de nulle part, comme

ça, juste pour vous aider ? Et il aurait fini par s'installer à demeure ! Je te dis que c'est un espion de l'Écoutète ! Et que tout ce qu'il mérite, c'est une bonne raclée !

– Moins fort, Friedrich, pour l'amour du ciel ! Si mon père apprend que…

– Je peux hurler, si vous préférez, glissa Sam. Au moins, on aura l'avis des voisins !

– Lâche-le, Friedrich ! intima Yser. On ne s'en sortira pas en ameutant le quartier !

Le jeune homme libéra Sam à regret.

– Si seulement vous m'expliquiez, proposa celui-ci. Je vous l'ai dit hier, l'Écoutète n'est pas mon ami ! Lui aussi, il me prend pour un de ces voleurs !

– Ça m'étonnerait, grommela Friedrich. C'est lui qui les a envoyés…

– C'est lui qui les a envoyés ?

– Friedrich en est persuadé, appuya Yser. Depuis le début, il croit dur comme fer que l'Écoutète les a engagés pour nous tomber dessus.

– Pour vous tomber dessus ? Alors qu'il espère vous épouser ?

– Il est fourbe, siffla Friedrich. Il voulait casser le bras de Baltus pour qu'il ne puisse plus peindre. Pas de peinture, pas de prix au concours.

– Et pas de prix au concours, une chance supplémentaire pour lui de m'épouser, compléta Yser. Il sait bien que mon père est favorable à ce mariage parce qu'il désire avant tout que je ne manque de rien. Si l'argent arrivait de nouveau à la maison, il hésiterait davantage.

L'Écoutète aurait tendu un piège à Baltus pour l'empêcher de remporter le concours… Voilà pourquoi il n'appréciait pas la présence de Sam ! Sam était l'intrus qui avait failli tout gâcher !

– En plus de ça, ajouta Friedrich, il a des occupations pas très chrétiennes. Je suis entré dans son laboratoire à plusieurs reprises. C'est de la magie, là-dedans ! Plein de poudres bizarres, de vieux grimoires, des bocaux avec des animaux morts... On peut pas laisser Yser là-dedans, il la rendrait folle.

– Vous avez accès à son laboratoire ?

– Je suis valet au Prinsenhof, le palais où il habite. Des fois, c'est moi qui le sers dans la tour. Et quand il travaille à ses fichus métaux, croyez-moi, il y a de la fumée à crier à l'incendie !

– C'est là-bas que nous nous sommes rencontrés, au Prinsenhof, précisa Yser. Depuis, nous... nous nous aimons.

Samuel avait cru deviner.

– Et vous vous voyez la nuit ?

– Mon père ne veut pas entendre parler de ce mariage. Friedrich n'a peut-être pas de fortune, ajouta-t-elle avec amertume, mais il est honnête et il est courageux. Rien à voir avec ce prétentieux de Klugg, tout Écoutète qu'il est !

– Klugg ? bondit Sam. L'Écoutète s'appelle Klugg !

– Bien sûr, pourquoi ?

– Klugg ! Mais... mais alors vous avez raison ! C'est lui ! C'est l'Écoutète ! Il a payé les brigands, j'en ai la preuve !

Friedrich regarda Sam comme s'il venait d'être piqué par le serpent qui rend fou.

– Il se moque de nous, là, non ?

– Yser, souvenez-vous ! La veste que j'ai prise l'autre après-midi au brigand... Il y avait une poche à l'intérieur, avec un billet à ordre signé Klugg. Klugg, comme l'Écoutète ! Il promettait trois livres et douze sous contre l'exécution d'une certaine mission. Et cette mission, c'était d'attaquer votre père !

– La sale carne ! s'énerva le valet. Il mériterait que...

– Moins fort, Friedrich, je t'en prie ! Et ce billet, interrogea

Yser pleine d'espoir, vous l'avez gardé ? En le montrant à mon père, nous lui ouvririons les yeux !

– Hélas ! le billet, je l'ai rendu au banquier Grimaldi, avoua Sam. Je ne pouvais pas deviner son importance !

Il y eut un silence gêné. Les deux amoureux baissèrent les yeux, consternés. Ils étaient passés si près de se débarrasser de l'Écoutète !

– J'ai une idée, commença Sam.

Petit à petit, les choses s'éclairaient dans son esprit. Si Klugg était à l'origine de l'affaire, peut-être se trouvait-il aussi dans le bois à surveiller le bon déroulement du plan ? Or, si la théorie de Sam était juste, la pièce devait être à proximité de la pierre pour que celle-ci fonctionne. Ou du moins, pas trop loin… Klugg n'avait-il pas la pièce avec lui ce jour-là ?

– Il travaille les métaux, n'est-ce pas ? reprit Sam. J'ai vu le bougeoir qu'il a réalisé pour vous… Savez-vous s'il lui arrive de fabriquer de la monnaie, à l'occasion ?

– De la monnaie, c'est interdit, répondit Friedrich. Par contre, j'ai vu des sortes de plats dans son laboratoire, des médailles et plein d'autres objets.

Des médailles…

– Quelle est votre idée ? demanda Yser.

– Il vous faut une preuve contre l'Écoutète pour empêcher ce mariage, n'est-ce pas ? J'irai la chercher directement dans son laboratoire. Friedrich me conduira.

XVI

L'alchimiste

– Psstt !

Samuel se retourna. Friedrich était dans l'encadrement de la porte tout au fond de la pièce et lui faisait signe de la main. Personne ne prêtait attention à eux parmi les trois cents invités réunis dans l'immense salle voûtée du Prinsenhof. La trentaine de portraits en compétition était disposée le long des murs, mais la plupart des hôtes s'agglutinaient devant une grande table où des serviteurs en gris et blanc – les couleurs du comte – distribuaient du vin chaud aux épices. Un murmure parcourut l'assistance lorsque Philippe le Bon, vêtu d'un manteau rouge aux reflets chatoyants, fit une entrée majestueuse au milieu de ses conseillers. L'Écoutète était au troisième rang.

– Maintenant ! souffla Yser.

Samuel fit semblant d'admirer les tableaux en se dirigeant insensiblement vers le fond, sa tasse brûlante à la main.

– Chers amis, déclara le comte d'une voix aimable, soyez les bienvenus au Prinsenhof ! Je suis sûr que les imaginiers de Bruges ont réalisé des merveilles. Voyons donc ces portraits et que le concours commence !

Il y eut des acclamations et Sam se glissa par l'entrebâillement de la porte.

– Ils en ont pour un moment, chuchota Friedrich, viens !

Ils empruntèrent une succession de couloirs réservés aux domestiques avant d'atteindre la tour qui faisait l'angle du palais.

– C'est ici que loge l'Écoutète, expliqua Friedrich. L'escalier qui descend mène aux cuisines, celui qui monte, aux appartements et au laboratoire.

– On ne risque pas de rencontrer quelqu'un ?

– Tout le monde est occupé à la réception, même l'Écoutète.

– Et pour ouvrir le laboratoire ?

Friedrich brandit un anneau en fer auquel était attachée une clé de bonne taille.

– Parfait, approuva Sam. Le mieux est que tu restes ici pour me prévenir en cas de danger.

– Tu ne veux pas que je vienne avec toi ?

– Si on nous attrape tous les deux, on ne sera pas plus avancés ! Il vaut mieux que tu fasses le guet, c'est plus sûr. Il y a un endroit où se cacher si ça tourne mal ?

– L'étage au-dessus du laboratoire, au sommet de la tour.

– D'accord. Si quelqu'un arrive, tu fonces m'avertir, on se réfugiera là-haut. Avec un peu de chance, on passera inaperçus.

– Et pour la preuve, tu vas t'y prendre comment ?

– Je me débrouillerai. De toute façon, j'ai quelque chose à récupérer, moi aussi.

Samuel s'élança dans l'escalier. Sur le deuxième palier, il fit jouer la clé dans la grosse serrure en forme de gueule de loup, puis actionna la porte qui grinça sur ses gonds. La pièce était moins sombre qu'il ne se l'était imaginé grâce à deux ouvertures assez larges par où entrait la lumière. Elle était de forme circulaire - normal pour une tour - et pleine d'un incroyable fouillis de livres, de flacons, de tables submergées de parchemins, d'oiseaux empaillés, de gravures étranges, avec des instruments métalliques qui pendaient du plafond comme des saucissons rouillés, le tout dans une odeur persistante de brûlé - cela faisait au moins un point commun avec l'atelier de Baltus. À l'opposé de la cheminée se trouvait le four, là où Klugg se livrait sans doute à ses expériences. Il y avait aussi des étagères avec une sorte d'alambic pour distiller de l'alcool, des pots remplis d'herbes et de poudres, des bocaux avec de petits animaux desséchés - souris et lézards - ou baignant dans un liquide verdâtre. Sam essaya de rassembler ses maigres connaissances sur l'alchimie : il avait entendu parler de la pierre philosophale - merci Harry Potter - , de la fabrication de l'or à partir du plomb ou du mercure - il ne se souvenait plus - et puis c'était tout. Il faudrait y aller à l'instinct...

Il s'approcha du four en brique qui lui arrivait à la taille et qui dégageait une douce chaleur. Le compartiment inférieur rougeoyait de braises et le dessus, creusé comme une sorte d'évier en terre cuite, accueillait un récipient ovale à moitié noyé sous la cendre chaude. Était-ce ainsi que l'on fabriquait de l'or ? Il n'y en avait pourtant guère de trace dans le laboratoire... Il ouvrit ensuite une grosse malle sous la première fenêtre et tomba sur la réserve de plats et de médailles dont avait parlé Friedrich. Apparemment, il s'agissait de créations originales, aux formes plus ou moins abouties, représentant les différents essais de Klugg en matière de métallurgie. Samuel reconnut même des branches torsadées qui avaient dû servir de modèle au bougeoir d'Yser. Mais pas de pièce.

Il se dirigea alors vers le bureau près de la deuxième fenêtre et son pouls s'accéléra brutalement : il y avait tout un tas d'esquisses de la pierre sculptée jetées négligemment par-dessus les livres ! Des croquis au fusain, notamment, avec la tombe vue sous des angles différents et, sur l'un des parchemins, le soleil avec ses six rayons entouré d'indications chiffrées. Un plan à l'échelle avec des mesures précises ! L'Écoutète cherchait à percer le secret de la pierre, c'était évident !

Sam fit le tour du bureau en flageolant. Il s'assit dans le fauteuil face au vieux grimoire ouvert sur lequel Klugg devait travailler. Les pages étaient couvertes de symboles incompréhensibles, mais aussi de petits dessins qui représentaient une demi-douzaine de pierres sculptées dans des cadres différents : un temple – grec ? – , la souche d'un arbre, un rocher sur le flanc d'une colline, le pied d'une statue genre île de Pâques, etc. Un catalogue de pierres sculptées, en quelque sorte ! Samuel inspira à fond en essayant de garder les idées claires. Ses yeux parcoururent la feuille posée devant lui où quelques mots avaient été écrits en lettres capitales. Une traduction en latin, supposa-t-il, d'un des passages du vieux grimoire :

SI QUIS SEPTEM CALCULOS COLLEGERIT, SOLIS POTIETUR.
SI EFFECERIT UT SEX RADII FULGEANT, COR EJUS TEMPUS RESOLVET.
TUM PERPETUUM AESTUM COGNOSCET.

L'encre rouge était encore fraîche, signe que l'Écoutète venait d'abandonner son travail pour rejoindre la réception. Samuel pesta contre le traducteur simultané à l'intérieur de sa tête qui ne lui permettait pas de comprendre autre chose que la langue de Bruges. Il aurait dû suivre l'exemple de Lili que sa mère avait forcée – une autre de ses lubies – à se mettre au latin ! Tant pis, ce texte était peut-être important : il le prit et le fourra sous sa veste histoire de l'examiner plus tard. Il tourna ensuite les pages du vieux grimoire. Il n'y était pas seulement question de la pierre sculptée, mais aussi de tout un tas de monstres ou d'objets étranges qui devaient servir aux rituels magiques de l'époque. C'est du moins ce que l'on pouvait déduire d'après les illustrations : une chauve-souris avec un visage d'enfant, un oiseau empaillé qui battait des ailes, un four comme celui du laboratoire, un bâton noueux incrusté de pierres précieuses…

– Instructif, non ?

La question explosa dans le cerveau de Sam comme un feu d'artifice au bas de sa nuque. Il n'avait absolument rien vu ni entendu venir ! Il fit volte-face, tétanisé, et se retrouva nez à nez avec l'Écoutète, armé d'un couteau. Curieusement, celui-ci ne semblait pas furieux et même, au contraire, plutôt satisfait.

– Je me demandais bien pourquoi tu avais quitté la grande salle, mon garçon. Ou plutôt non, je ne me le demandais pas.

Il montra sous l'une des étagères un panneau de bois qui avait pivoté, révélant un corridor obscur.

– Le Prinsenhof a ses petits secrets, tout comme toi. Tu sais faire marcher le Soleil, n'est-ce pas ? C'est grâce à lui que tu as surgi l'autre jour pour défendre Baltus ?

Samuel était bien incapable de répondre. Il gardait la bouche ouverte, stupidement, sans articuler la moindre syllabe.

– C'est toi aussi qui t'es rendu chez le banquier Grimaldi, hier ? Je le sais, il m'a décrit ta vilaine face… Tu comptais te faire payer les trois livres, c'est ça ?

Klugg tira un papier de son pourpoint et le lui agita sous le nez.

– Tu reconnais le billet, j'imagine ? Dommage que ce vieux serpent de Grimaldi n'ait pas réussi à t'attraper tout de suite, cela m'aurait évité de…

Il laissa sa phrase en suspens, comme pour ne pas affoler sa proie. Ses narines frémissaient pourtant d'une drôle de manière et Sam n'appréciait guère la lueur jaune dans son regard.

– Tu sais depuis combien de temps je m'intéresse au Soleil ?

Samuel eut un geste d'ignorance.

– Il y a plus d'un an, on m'a informé de cette gravure bizarre au cimetière du Vieux-Bois. Sur une tombe très ancienne dont on prétend qu'elle est antérieure au cimetière lui-même. Tu sais comment sont les légendes… Le jour où je m'y suis rendu en tout cas, il y avait l'enterrement de la femme de Baltus. C'est là que j'ai rencontré Yser pour la première fois. Deux soleils au même endroit, cela ne pouvait être une coïncidence…

De sa main libre, il tourna distraitement les feuillets du grimoire.

– Connais-tu l'origine du mot « alchimie », mon garçon ? Non, évidemment. C'est *cemesch*. En hébreu : le soleil. Tout nous vient du soleil. Tout ! La chaleur, la lumière, la vie… C'est en atteignant la pureté de son feu que l'alchimiste peut réussir à transformer le métal en or. Tous les ouvrages le répètent. Certains d'entre eux évoquent aussi les pouvoirs supérieurs du « Soleil sur la pierre »… *Le Traité des treize vertus de magie*, par exemple, que j'ai racheté à un Arabe. Un livre difficile mais plein d'enseignements. J'essaye depuis plusieurs semaines de résoudre ses énigmes, sur la manière notamment de fondre les pièces. Tu vas m'y aider, j'espère ?

Klugg agita la lame sous le menton de Sam.

– Vous… vous aider ? Comment pourrais-je vous aider ? Je ne comprends rien à cette écriture et…

– Ta ta ta ! Je sais que tu as fait fonctionner le Soleil, mon garçon. Il était tiède l'autre fois, après ton passage. Malheureusement, j'ai eu beau déposer ma pièce à l'intérieur de la pierre, elle n'a pas voulu se changer en or. Je suppose qu'il lui manquait la chaleur nécessaire. Mais toi… tu saurais faire renaître cette chaleur, n'est-ce pas ?

La pointe du couteau piqua Sam à la pomme d'Adam et une gouttelette de sang lui roula dans le cou.

– Réfléchis bien, mon garçon. Tu as subtilisé un billet à ordre et tu as tenté de te le faire payer chez le banquier Grimaldi. Tu t'es introduit dans mon laboratoire dans l'espoir de voler je ne sais quoi. Personne ne pourra me blâmer d'avoir voulu t'arrêter. Même si, hélas ! l'arrestation s'est mal finie ! Il serait donc préférable que tu me répondes : oui ou non, as-tu utilisé le Soleil sur la pierre dans le cimetière du Vieux-Bois ?

Samuel n'avait pas le choix.

– Je… Oui.

L'Écoutète respira plus fort et le couteau se mit à trembler légèrement.

– Bien, soupira-t-il. Tu es un bon garçon. À présent…

Il y eut trois coups puissants à la porte.

– Maître, maître !

C'était la voix de Friedrich.

– Qui est-ce ? rugit l'Écoutète.

– Van Todds, maître ! Il faut que vous veniez tout de suite !

Van Todds ?

– Quoi ?

– On a attaqué le comte ! Il vous réclame !

L'Écoutète hésita une fraction de seconde.

– Entre !

Friedrich ouvrit la porte et blêmit en apercevant l'arme.

– Maître, qu'est-ce que…

– Écoute-moi, Van Todds. Je viens de surprendre ce vaurien qui fouillait dans mon laboratoire. Je veux que tu le gardes ici jusqu'à mon retour. Et qu'il ne parle à personne ! C'est compris ?

Friedrich acquiesça, visiblement gêné.

– Maintenant, explique-moi ce qui est arrivé.

– Un invité, bredouilla Friedrich. Il a sorti une dague pendant que le comte admirait les tableaux.

– Le comte est blessé ?

– Au bras, oui, il m'a envoyé vous chercher.

– Et l'agresseur ?

– On le poursuit…

– D'accord. Tu vas prendre ce couteau, Van Todds, et surveiller ce garçon en attendant que je revienne. Si tu fais exactement ce que je te dis, il y aura une belle récompense pour toi.

Friedrich prit l'arme en évitant de regarder Sam. L'Écoutète observa la scène un instant puis se dirigea vers la porte, l'air préoccupé. Il n'eut pas le temps de faire trois pas : Friedrich saisit la poêle à fond plat qui pendait du plafond et se rua sur son maître. Il lui assena un formidable coup sur le crâne – du genre smatch gagnant au tennis – et Klugg s'écroula à terre sans un mot – jeu, set et match !

– Celle-là, ça faisait un moment qu'elle me démangeait, commenta sobrement Friedrich.

Il repoussa la porte du pied et se tourna vers Sam qui n'avait pas bougé d'un pouce.

– Ça va ? J'ai trouvé que tu mettais longtemps à redescendre et je suis venu aux nouvelles. Quand j'ai entendu des voix…

– Le comte ? Il a vraiment été attaqué ?

– Non, bien sûr, il fallait que j'invente quelque chose !

Mais après ça, plus question de laisser partir l'Écoutète. Tu as la preuve ?

Samuel ne répondit pas sur-le-champ.

– Tu... tu t'appelles Van Todds, c'est ça ?

L'autre sourit.

– Oui, et encore ?

– Je vais te donner ta preuve. Et toi, en échange, tu vas me faire une promesse : tu vas te marier avec Yser.

– La belle promesse, mon ami ! Je ne souhaite rien d'autre que ce mariage ! Sauf qu'après ce qui s'est passé, Klugg ne risque pas de nous couvrir de fleurs !

– Tu n'auras qu'à quitter la ville pour un temps. Ou même, emmener Yser avec toi. Vous trouverez bien un moyen... L'important est que vous vous mariiez. Tiens, prends ce papier, il devrait convaincre Baltus.

Il lui montra le billet à ordre sur le bureau et ne le lâcha pas des yeux tandis qu'il le lisait. Friedrich Van Todds ! Il était l'arrière-arrière-arrière etc. grand-père d'Alicia Todds ! À condition toutefois qu'il se marie avec Yser et qu'ils aient des enfants ! Voilà pourquoi Yser et Alicia avaient cet air de famille ! Alicia était le portrait craché de sa lointaine aïeule !

– Le cochon de Klugg ! s'exclama Friedrich.

– On n'a pas intérêt à traîner, fit Sam. L'Écoutète peut se réveiller d'un instant à l'autre. Où est la sortie la plus proche ?

– En bas, par les cuisines. Mais je dois d'abord donner ce billet à Baltus et m'expliquer avec Yser. Sinon, l'Écoutète aura tôt fait de tout me mettre sur le dos. De ton côté, tu as eu ce que tu voulais ?

– Presque...

Samuel se pencha sur le corps inanimé de l'Écoutète. Il était sûr qu'elle était là... Il tâta l'espèce de pantalon sous le pourpoint et dénicha à la ceinture une petite bourse fermée par un nœud. Il glissa deux doigts à l'intérieur : il y avait effectivement une pièce ronde avec un trou au milieu.

– Je dois m'en aller, Friedrich, dit-il en s'efforçant de masquer son émotion. Je suis très… très heureux de vous avoir connus, toi et Yser. À un point que tu ne peux pas deviner.

– Allons, Waagen, ne fais pas cette tête, nous allons nous revoir ! Pourquoi pas à Malines, ce serait une bonne idée, non ?

– Une bonne idée, oui, chuchota Sam.

Ils se serrèrent la main et descendirent l'escalier sans bruit. Friedrich emprunta le couloir qui menait à la salle de réception pendant que Sam continuait vers les cuisines. Il était partagé entre l'impatience de revenir à son époque et le sentiment d'abandonner pour toujours une partie de son histoire. En trahissant Friedrich et Yser au passage…

C'était peut-être cela, le prix du voyage ?

XVII

Version latine

Samuel se redressa en titubant. Il faisait complètement noir autour de lui, mais les odeurs lui étaient familières : un mélange de vieux livres, de tenture et de poussière. Il avait retrouvé la *Librairie Faulkner* ! Il récupéra le portable dans la cavité en se félicitant d'avoir pu enfin ramener des preuves. Il alluma le téléphone et se guida à sa lumière bleutée. Le cadran indiquait : *vendredi 11 juin, 16 h 42*. Une journée d'absence en tout et quelques ennuis en perspective. Rien de comparable, cela dit, avec ce que risquait son père au château de Vlad Tepes... À moins qu'il ne soit revenu entre-temps ?

Sam s'extirpa de la cachette, avec la même impression de mal de mer que la fois précédente, comme si la maison tanguait sur ses fondations. Il monta jusqu'à la cuisine et se fit couler un grand verre d'eau. Il chercha un paquet de gâteaux secs, ne dénicha qu'un immonde reste de biscuits mous, mais s'en contenta et alluma la télévision près du micro-ondes. Il devait encore être sous l'effet de son « transfert », car le type qui commentait les images de lions dans la savane répétait chaque phrase de manière ridicule :

– Tabatha est la plus joueuse de la portée/Tabatha est la plus joueuse de la portée, tandis que Paulus est le plus téméraire/tandis que Paulus est le plus téméraire. C'est lui, dès que sa mère a le dos tourné/c'est lui, dès que sa mère a le dos tourné, qui entraîne ses frères et ses sœurs à la découverte du vaste monde/qui entraîne ses frères et ses sœurs à la découverte du vaste monde.

Quant au lionceau nommé Paulus – Tabatha, Paulus, les lionnes avaient de drôles de goûts en matière de prénoms –, il balançait deux fois de suite les mêmes coups de patte à un pauvre scarabée qui passait par là et qui roulait par conséquent deux fois sur lui-même. Cet effet de « déjà-vu » était d'autant plus perturbant qu'il ne se produisait qu'ici, dans le présent. Au bout d'une dizaine de minutes, heureusement, l'écho commença à faiblir.

Un peu mieux réveillé, Sam se rendit compte alors de deux choses : un, il ne sentait franchement pas bon – le bac d'eau glacée dans le cabinet de propreté de Baltus, très peu pour lui ; deux, il avait des taches bizarres sur sa chemise. Il la retira par le haut sans la déboutonner et, après un rapide examen, finit par comprendre : il avait glissé le parchemin de l'Écoutète sous son manteau et l'encre rouge avait dû déteindre sur le tissu blanc. Lorsqu'il était parvenu au cimetière du Vieux-Bois, il avait en effet appliqué la pièce sur le soleil mais ne s'était pas soucié de ses vêtements. Le manteau et la veste s'étaient volatilisés durant le voyage ainsi que le papier dissimulé dessous. Était-ce la chaleur ou l'énergie dégagée par la pierre ? En tout cas, les caractères s'étaient *imprimés* sur sa chemise. Même s'ils s'étaient imprimés à l'envers…

Samuel courut jusqu'à sa chambre à l'étage, prit un papier et un crayon et, plaquant la chemise contre la vitre, recopia par transparence le texte du vieux grimoire :

SI QUIS SEPTEM CALCULOS COLLEGERIT, SOLIS POTIETUR.
SI EFFECERIT UT SEX RADII FULGEANT, COR EJUS TEMPUS RESOLVET.
TUM PERPETUUM AESTUM COGNOSCET.

Pour être honnête, même sur une feuille à carreaux du XXIe siècle et avec un crayon noir du XXIe siècle, ces phrases ne lui évoquaient pas grand-chose. Lili serait sans doute plus inspirée... Il choisit des habits propres dans son armoire et se décida à prendre une douche. D'autant qu'avec la différence de température, il suait à grosses gouttes ! En s'arrêtant devant la glace de la salle de bains, il se trouva presque changé. Ses épaules n'étaient-elles pas plus larges ? Ses cuisses, même ? Ou alors était-ce le duvet sur ses joues qui était plus fourni ? À moins que son air fatigué, simplement, ne le vieillisse...

Une fois séché et parfumé, Sam boucla son sac pour revenir chez Grand Ma'. Il se demandait ce qu'il allait pouvoir lui raconter lorsqu'un bruit de chaise monta de la cuisine. Paulus et Tabatha seraient-ils tombés du poste en allant à la chasse au scarabée ? Sam descendit l'escalier à pas feutrés. Un autre genre de fauve se tenait devant le réfrigérateur ouvert, complet crème élégant et visage bronzé : Rudolf, le chevalier servant de tante Evelyn.

– Je vous offre une bière ? lança Sam aussi gaiement que possible.

Rudolf se retourna vers lui, la mâchoire crispée.

– Petit con ! tonna-t-il. C'est ici que tu te cachais ?

Il fit claquer la porte du frigo et fut sur Sam en deux enjambées. Dans sa main droite, il serrait le portable que Sam avait laissé sur la table.

– Tu t'es payé notre tête, hein ? Tu sais dans quel état sont tes grands-parents ? Et ta tante ?

Sam ne broncha pas lorsque Rudolf leva la main pour le frapper. Au dernier moment, cependant, celui-ci se ravisa et se contenta de lui empoigner le bras.

– Qu'est-ce que tu as fait depuis hier ? On t'a cherché partout !

– J'étais chez moi, répliqua Sam. C'est chez moi, ici, non ?

– Tant que ton père n'est pas revenu, tu es sous la responsabilité de ta famille ! Tu dois nous obéir !

– Vous n'êtes pas ma famille !

Un éclair meurtrier brilla fugitivement dans les yeux de Rudolf. Il se contenait à peine.

– C'est ce qu'on va voir, grinça-t-il. Et ce téléphone ? Lili pensait l'avoir perdu. C'est toi qui lui as volé, bien sûr ! Pour quoi faire ? Pour le revendre ? Tu as tout à fait la mine d'un de ces petits camés des rues qui sont prêts à n'importe quoi pour se payer leur drogue !

Samuel hésita à lui dire qu'il n'avait rien volé et que Lili avait décidé toute seule de lui prêter son portable – sans lui demander son avis, en plus. Mais cela n'aurait fait que mettre sa cousine dans l'embarras.

– Vous voyez bien que je ne l'ai pas vendu puisqu'il est là !

– Je devrais t'emmener à la police, ça te ferait passer le goût de mentir. Les graines de voyou comme toi, si on ne les casse pas dès le début… Tu as de la chance que ta tante soit là !

Quelle chance en effet !

Sans lui lâcher le bras, Rudolf le traîna dehors jusqu'à la voiture. Sam ne lui opposa qu'une faible résistance : de toute façon, il n'avait pas envie de prendre le bus pour revenir chez ses grands-parents. En contrepartie, il dut subir un interrogatoire en règle, agrémenté de remarques acides sur l'irresponsabilité de son père qui le laissait livré à lui-même. Sam se mordit les lèvres en se persuadant très fort des vertus du silence.

Une fois chez Grand Ma', son faux oncle se métamorphosa : du bouledogue agressif, il devint le saint-bernard protecteur qui ramenait au bercail la brebis égarée.

– Je l'ai retrouvé, Grand Ma' et ça n'a pas été une mince affaire ! Il prétend qu'il a dormi rue Barnboïm, mais je ne suis pas sûr qu'on puisse le croire !

Grand Ma' se précipita sur Sam pour le couvrir de baisers.

– Mon Sammy ! Mon Sammy ! J'ai eu si peur ! Si peur ! Dis-moi ce qui s'est passé !

– J'avais besoin d'être seul, Grand Ma'. J'ai aussi le droit d'être un peu chez moi, non ?

– Bien sûr, évidemment ! Mais pourquoi t'enfuir ? Comme ça, sans un mot, rien !

– Si vous voulez mon avis, persifla Rudolf, il ne tenait pas à être là pour recevoir son bulletin.

Aïe, le bulletin… Il n'y pensait plus à celui-là. Merci Rudolf !

– On l'a reçu ce matin, admit Grand Pa'. C'est vrai qu'il n'est pas fameux. Mais il faut comprendre ce gosse, il n'a pas eu la vie facile ces derniers temps. Et puis ce n'est pas si catastrophique, allez !

– Je continue à penser, moi, que vous devriez l'envoyer en pension l'année prochaine, insista Rudolf. Si… si Allan ne revient pas, il faudra bien vous y résoudre.

Il y eut un silence affligé que Sam rompit le premier.

– Il reviendra, affirma-t-il d'une voix forte. Je vous promets qu'il reviendra !

Grand Pa' hocha la tête.

– Bien sûr qu'il reviendra ! Allan revient toujours ! Tiens, au fait, Sammy, il y a un de tes amis qui a téléphoné. Onk ou Monk, je n'ai pas très bien compris.

Monk ? Monk avait téléphoné ?

– Il... il voulait quoi ?

– Te rappeler ton tournoi de judo, demain. Il avait l'air de tenir à ce que tu y sois.

Évidemment, Monk avait prévu de le désosser devant tout le monde !

– C'est-à-dire, je ne suis pas très en forme, s'excusa Sam. Je ne me suis pas vraiment entraîné cette semaine, alors si c'est pour être éliminé au premier tour...

Sa grand-mère lui tapota le bras avec un sourire indulgent, mais Rudolf ne l'entendait pas de cette oreille.

– Si vous lui cédez là-dessus, Grand Ma', vous lui rendez un bien mauvais service. Surtout après ce qu'il a fait ! Samuel a besoin de règles, de discipline et la compétition est le meilleur moyen de lui forger le caractère ! S'il baisse les bras devant le premier obstacle venu, comment fera-t-il plus tard pour s'en sortir ?

De quoi se mêlait ce crétin en costume ? Hélas ! Grand Ma' parut sensible à ses arguments.

– Pourtant, tu aimes bien le judo d'habitude, non ?

– Oui... C'est juste que je suis un peu fatigué et...

– Je pense qu'Allan aurait souhaité que tu y ailles, trancha Grand Pa'.

Rudolf tenait sa revanche. Il porta le coup de grâce avec jubilation.

– Nous pourrions l'accompagner, ça l'encouragerait ! Et au moins, nous saurions où il est !

Samuel se retrouva consigné dans sa chambre pour la soirée

avec interdiction de parler à Lili – histoire de limiter son influence déplorable sur la jeune fille. Le fameux « vol » du portable avait en effet emporté la décision et ses grands-parents s'étaient sentis obligés de le punir. Étrange comme la présence de Rudolf faisait désormais pencher la balance en sa défaveur ! Durant le repas, Sam avait dû essuyer en outre une deuxième salve de reproches de la part de tante Evelyn : mauvais élève, quasi-délinquant, futur clochard et autres joyeusetés. Son avenir semblait donc se dessiner : si son père ne devait pas réapparaître, on l'expédierait à la pension-prison de Meriadek, aux États-Unis. Sam, de nouveau, jugea plus prudent de se taire.

Une fois dans sa chambre, il prit quatre ou cinq feuilles de brouillon, écrivit quelques mots dessus, puis les roula en boule. Il se rendit ensuite sur le balcon et jeta les boulettes par la fenêtre ouverte de Lili : il avait absolument besoin de discuter avec elle… Elle était encore en bas avec sa mère, mais elle finirait bien par remonter et découvrir les feuilles sur la moquette. En attendant, Samuel s'assit devant son ordinateur. Il chercha « Hans Baltus » sur Internet, sans succès : il existait bien quelques Hans Baltus, musicien ou champion de vélo, mais aucun qui soit en rapport avec le peintre du Moyen Âge. Il apprit au passage que le « Klugg » – ou Klug – était un genre de gâteau au rhum et que l'Yser était un fleuve de la région de Bruges – Bruges se situant, comme il l'avait deviné, dans le nord-ouest de l'Europe. Il écuma ensuite les galeries d'art virtuelles sur la peinture flamande, mais sans plus de réussite : s'il était beaucoup question des tableaux de Van Eyck, il n'y avait aucune trace du portrait d'Yser. Les deux mains blanches et la robe noire qu'il s'était appliqué à peindre n'étaient pas passées à la postérité !

Au bout d'un moment, un petit jingle sonore lui signala que Lili venait de se connecter au forum de discussion indiqué par Sam sur ses boulettes. Nom de code : *garçondelaplage.*

LILI : Bravo ! Ma chambre = poubelle ! Non, je plaisante, je suis contente de pouvoir parler tranquille. Je ne sais pas ce K ma mère, ça doit être Rudolf. Tout le monde marche sur la tête ici ! Toi, ça va ? Tu avais l'R KO au dîner.
SAM : J'ai raT mon père = pas la bonne époque. Tu as récupéré les pièces ?
LILI : Je l'ai vu dans le Livre du temps. Tu étais à Bruges, 1430, non ? Les pièces sont OK, dans ma bandoulière. Je n'ai pas arrêT de penser à toi !
SAM : 1000 X merci. Sans toi, on m'aurait pendu O et court ! Je te raconterai + tard. Tu as fait des progrès en latin ? Il faut que tu me traduises qqchose. C peut-être important : « SI QUIS SEPTEM CALCULOS COLLEGERIT, SOLIS POTIETUR. SI EFFECERIT UT SEX RADII FULGEANT, COR EJUS TEMPUS RESOLVET. TUM PERPETUUM AESTUM COGNOSCET. »
Moi j'y comprends 0 ! Merci !!!

Lili promit de faire au plus vite, voire même, si elle était bloquée, d'appeler le professeur que sa mère lui avait dénichée. Samuel en profita pour s'étendre sur son lit. Il était sur le point de s'assoupir quand on frappa doucement à sa porte.

– Sammy ? Je peux entrer ?

– Bien sûr, Grand Ma', entre.

Grand Ma' referma la porte avec précaution comme si elle ne tenait pas à ce qu'on la surprenne.

– Ne crois pas que ça me fasse plaisir de t'envoyer dans ta chambre ! chuchota-t-elle. Mais puisque tu ne veux pas expliquer ce qui se passe… Le portable, les fugues, ton grand-père et moi, on ne peut pas rester les bras croisés !

– Je ne te reproche rien, Grand Ma'.

– Je sais, fit-elle en s'asseyant sur le couvre-pied, c'est bien ça qui m'inquiète… Mais ce n'est pas pour te sermonner que je suis montée. Tu as eu ton compte avec Evelyn ! Non, je voulais te faire une… une confidence. Je ne sais pas si ça peut te redonner le moral… Grand Pa' t'a raconté le stage d'Allan en Égypte, il y a quelques années ? Il a dû te dire combien j'étais bouleversée ?

– Tu avais peur qu'il lui soit arrivé quelque chose, c'est ça ? Mais vous étiez aux États-Unis à l'époque et vous ne pouviez pas quitter l'épicerie de Chicago pour vous rendre là-bas.

– Nous l'aurions fait si cela avait été nécessaire. Mais dans un sens, ça ne l'était pas vraiment. Comment exprimer ça… J'étais loin, à des milliers de kilomètres et je sentais bien qu'Allan était en danger. Pourtant, je te le jure, Sammy, j'étais *sûre à cent pour cent* qu'il n'était pas mort. La nuit, quand je dormais, j'avais comme des flashes, très courts. Je mentirais en disant que je le voyais. J'avais surtout le *sentiment* de sa présence. C'est une chose qui ne trompe pas une mère, tu sais, même en rêve. Il était là, enveloppé de brume, au milieu de formes bizarres, comme des décors de cinéma. Parfois il souriait, d'autres fois, il grimaçait.

Elle était émue et Sam la prit dans ses bras.

– Je te crois, Grand Ma'.

– Tu es gentil, mon Sammy. Malheureusement, ce n'est pas tout, sanglota-t-elle. Le jour où… où ta mère est sortie de la route sur la colline… Tu étais à l'hôpital, tu te rappelles ?

Sam se souvenait bien sûr de chaque détail de cette journée maudite. Il venait d'être opéré de l'appendicite et c'est une infirmière qui lui avait annoncé le drame. Elle s'appelait Belinda, elle était rousse avec une espèce de choucroute sur la tête et de grands yeux noirs un peu stupides. L'expression paniquée de son visage était gravée à jamais dans sa mémoire.

– Quand la police a appelé à la maison pour nous prévenir, j'ai su à l'instant même qu'il n'y avait plus d'espoir. Le policier avait beau assurer qu'on la transportait aux urgences, pour moi, cela ne faisait aucun doute. Ça aussi, je l'ai *senti*.

Samuel n'avait pas spécialement envie de se replonger dans ces moments terribles. Pas aujourd'hui. Il valait mieux s'occuper du présent. Enfin, façon de parler…

– Et maintenant, Grand Ma' ? Qu'est-ce que tu *sens* pour papa ?

Elle le regarda très droit dans les yeux et des larmes brillaient sur ses joues.

– Il est vivant, mon chéri, j'en ai la certitude. Aie confiance en ta vieille grand-mère : il est vivant !

– Et… il sourit ou il grimace ?

– Ça… Dans mes rêves ces temps-ci, la brume est trop épaisse pour distinguer quoi que ce soit. Mais il est là, j'en suis certaine. Alors s'il te plaît, Sammy, ne fais pas de bêtises. Je ne veux pas qu'il ait quelque chose à nous reprocher quand il reviendra.

Elle l'embrassa sur le front et se retira sur la pointe des pieds avant de se mettre à pleurer pour de bon. Samuel resta un moment allongé à tourner et retourner dans tous les sens ce qu'il venait d'entendre. Son père était en vie… Fallait-il croire aveuglément Grand Ma' ? Un jour, avec Maverick, le professeur de sciences, ils avaient abordé la question des prémonitions et autres perceptions extrasensorielles. Pour Maverick, les gens qui prétendaient avoir eu ce genre d'expérience faisaient simplement fonctionner leur mémoire de manière sélective :

« Si je me dis dix fois qu'une voiture bleue va tourner au coin de la rue, expliquait-il, et qu'à la dixième, enfin, une voiture bleue apparaît, j'aurai tendance à oublier mes premiers échecs pour ne retenir que mon succès. Ai-je pour autant acquis un don de double vue ? Suis-je sujet à des prémonitions ? Non, bien sûr. Mais il est réconfortant pour nous de penser que nous maîtrisons ce qui nous échappe… »

Une semaine plus tôt, Sam aurait appliqué sans hésiter ce raisonnement à sa grand-mère : elle interprétait après coup et à son avantage des événements qui relevaient en réalité du hasard le plus pur. Mais voilà, depuis une semaine, son point de vue évoluait sur bien des choses ! Fini, le temps des certitudes !

Tout en se faisant ces réflexions à lui-même, Sam percevait par intermittence des bribes de conversations étouffées de l'autre côté du mur : Lili s'activait pour traduire son texte. Las d'attendre, il finit par s'endormir…

Le jingle de l'ordinateur – une sorte de « blouip » – le tira de son sommeil vers une heure du matin. Il se précipita vers l'écran : *garçondelaplage* cherchait à établir le contact. Il cliqua sur le pseudo de sa cousine.

LILI : Merci pour les devoirs de vacances ! J'ai eu du mal et C finalement la prof de lat1 qui m'a aiD par mail. Une chance qu'elle m'M bien ! Voici la traduction d'après elle :

« CELUI QUI RÉUNIRA LES SEPT JETONS SERA LE MAÎTRE DU SOLEIL. S'IL PEUT FAIRE LUIRE LES SIX RAYONS, SON CŒUR SERA LA CLÉ DU TEMPS. IL CONNAÎTRA ALORS LA CHALEUR IMMORTELLE. »

Samuel lut et relut le message dix fois pour essayer d'en pénétrer le sens. *Les sept jetons*; *le maître du soleil*; *faire luire les six rayons*; *la chaleur immortelle*… Bien sûr, tout cela avait un lien direct avec la pierre sculptée. Certaines expressions n'étaient pas évidentes, cependant, et il comprenait que Klugg ait pu s'imaginer qu'en glissant une pièce dans la cavité il réussirait à la transformer en or. Mais ce n'était pas d'alchimie qu'il était question ici, seulement de « voyage » : *son cœur sera la clé du temps* !

SAM: Tu es la + 1croyable D cousines de la galaxie !!! Bon, voilà comment je vois le texte. À mon avis : jetons = pièces. Il faut donc réunir 7 pièces trouées pour fR vraiment marcher la pieR (= choisir son époque ?). Les 6 rayons sont ceux du soleil. Comment on les fait luire ? Aucune ID. Le soleil doit s'allumer, peut-être ? La chaleur immortelle, C l'impression de brûlure dont je T parlé : on brûle et on ne meurt pas = chaleur + immortelle… Enfin je suppose ! 10 moi si G bon selon toi !

Il patienta quelques minutes, espérant que *garçondelaplage* confirmerait ses intuitions, mais au bout d'un quart d'heure, il fallut se rendre à l'évidence : *garçondelaplage* devait dormir à poings fermés…

XVIII

Surprise

C'était la foule des grands jours : plus une place disponible dans le parking du gymnase. Rudolf avait pesté tout ce qu'il savait – maigre satisfaction – avant de réussir à garer son 4X4 Porsche flambant neuf à cent mètres de là, derrière un immeuble minable. Il devait commencer à regretter d'avoir voulu accompagner Sam ! Grand Ma' avait mis sa jolie robe à fleurs qui lui donnait les apparences de la gaieté – sans qu'elle en ait pourtant l'humeur – et Grand Pa' n'avait cessé de disserter sur des sujets aussi passionnants que les haricots rouges en boîte et les marques de conserve les plus vendues dans les épiceries américaines. Sam n'avait pas desserré les dents afin que chacun comprenne bien qu'on le menait de force à l'abattoir – ce qui était rigoureusement le cas. Tante Evelyn n'avait pas daigné venir – elle trouvait le hockey plus formateur, elle l'avait mille fois répété à Allan – et Lili n'avait tout simplement pas été conviée, afin de la tenir à distance de son cousin.

Dans le mail qu'elle lui avait adressé le matin, elle indiquait qu'elle avait fait mettre de côté une tonne de livres à la bibliothèque municipale et qu'il fallait de toute façon qu'elle y retourne. En un sens, Sam préférait…

Son premier réflexe en entrant dans la salle de sport fut de chercher Monk des yeux. Les gradins étaient déjà à moitié pleins de spectateurs qui conversaient bruyamment, l'écho de leurs voix amplifié par le plafond métallique. Les projecteurs fixés en hauteur éclairaient la demi-douzaine de tatamis dont les arbitres vérifiaient l'installation réglementaire. Les capitaines d'équipe discutaient entre eux, quelques judokas s'échauffaient en survêtement et, dans le coin des officiels, on consultait les tableaux de rencontres sur les ordinateurs. Mais pas de Monk… Une bronchite fulgurante ? Une entorse au poignet en tartinant son beurre de cacahuètes ? Une prise de conscience soudaine qu'il était contraire à la morale de casser les dents de ses petits camarades ? On pouvait toujours rêver…

Samuel laissa les siens sur la tribune Nicolas-Gill – du nom du grand champion canadien – et prit sans enthousiasme la direction des vestiaires. Il ne tarda pas à tomber sur maître Yaku, qui l'accueillit avec un imperceptible sourire. Maître Yaku n'était pas du genre expansif, ce qui ne l'empêchait pas de s'intéresser de près à ses élèves et d'en savoir souvent plus sur eux que leurs propres parents. C'est à ces qualités profondément humaines que l'on attribuait en général le succès de son cours et sa capacité, du temps où il participait à des championnats, à « lire » et à contrer le jeu de ses adversaires.

– Content que tu sois là, Samuel. Je sais que tu n'étais pas très chaud pour ce tournoi, mais c'est une bonne expérience pour toi. N'aie pas peur de te faire confiance, d'accord ? Maintenant va te changer et soigne tes assouplissements.

Sam grommela un vague merci, persuadé surtout qu'il aurait dû prendre un avion pour l'autre bout du monde. Il choisit un casier à l'écart et se déshabilla lentement, indifférent aux plaisanteries de ses camarades sur la compétition. Il était l'un des plus jeunes, de toute façon – quatorze ans depuis une semaine ! – , ses chances de figurer convenablement dans le tournoi voisinaient le zéro absolu. Il enfila son kimono – son *judogi* en termes techniques –, noua sa toute récente ceinture marron, effectua quelques pompes et autres mouvements du corps, puis rejoignit le dojo parmi les derniers.

La soixantaine de compétiteurs était déjà alignée devant les juges, et le brouhaha du public n'avait cessé de s'amplifier au fur et à mesure que les tribunes se remplissaient. Monk était bien là, lui aussi, montagne de muscles et d'agressivité. Par bonheur, il ne vit pas arriver Sam, tout occupé qu'il était à se moquer d'un grand blond longiligne, l'un de ses rivaux potentiels. Samuel se rangea du coup à l'autre extrémité de la file et garda la tête basse. Les haut-parleurs se mirent à cracher une musique folklorique et le speaker prit la parole pour lancer officiellement le tournoi de judo Sainte-Mary/Fontana, 27e du nom. On racontait que les deux villes, Sainte-Mary et Fontana, cultivaient leur rivalité depuis leur fondation et que, cent cinquante ans durant, les jeunes gens s'y étaient affrontés lors de « mêlées » aussi violentes que spectaculaires. Après la Seconde Guerre mondiale, les municipalités avaient décidé de substituer à ces joutes barbares des fêtes plus pacifiques et de bon voisinage. Les clubs de judo s'étaient alors inspirés de la tradition en organisant des rencontres toutes catégories pour les 11-13 et les 14-16 ans, le vainqueur étant considéré comme une sorte de champion régional. L'année précédente, Sam avait chuté – dans tous les sens du terme – face à l'insubmersible

Monk dès les trente-deuxièmes de finale, après que celui-ci l'avait retourné comme une crêpe à la 43e seconde. Monk, qui n'était que de quelques mois plus âgé que Sam, avait emporté le trophée des 11-13 ans et comptait bien s'adjuger aujourd'hui celui des 14-16. Qui, d'ailleurs, aurait bien pu lui barrer la route ? S'il n'était pas le plus vieux, il était certainement le plus costaud et, en tout cas, le plus vicieux. Chacun priait pour ne pas l'avoir dans son tableau !

Samuel se dirigea vers le tatami où devait avoir lieu son combat d'ouverture. Il jeta un œil vers la tribune Nicolas-Gill d'où Grand Ma' lui envoya un signe d'encouragement. Il prit la ceinture rouge que lui tendait l'arbitre, l'attacha par-dessus la sienne, et fit face à Pete Moret, l'un de ses copains du club. L'équipe de Sainte-Mary ayant en effet les effectifs les plus importants – et de loin –, il avait été décidé depuis longtemps d'opposer sans distinction d'origine les représentants des deux villes. Ce qui expliquait le risque de se mesurer à Monk…

– *Hadjime !* ordonna l'arbitre.

Samuel avança de deux pas en essayant de saisir la manche ou le revers du *judogi* de Pete Moret. Il avait bien sûr la possibilité de s'effondrer tout de suite pour dire adieu au tournoi, mais il ne tenait pas à faire ce plaisir à Rudolf. Que n'entendrait-il pas ! D'autre part, Pete Moret était loin d'être un as des dojos et maître Yaku aurait probablement trouvé cette défaite suspecte. Sam laissa donc Pete s'essouffler en cherchant à placer son « spécial », *Koshi guruma*, un mouvement de balancier avec la hanche, et, à la première occasion, il le renversa en balayant sèchement sa jambe d'appui. Pete bascula sur le tapis et l'arbitre annonça :

– *Waza-ari !*

Waza-ari, c'était 7 points dans la poche, une excellente entrée en matière.

Sam enchaîna aussitôt au sol avec l'une de ses immobilisations favorites, son bras droit serrant fermement la nuque de Pete, tandis que son bras gauche et le poids de son corps le maintenaient à terre. Il tourna ainsi un moment sur lui-même avec sa victime étouffée dessous, tout en égrenant mentalement les secondes : « 22, 23, 24… »

– *Ippon !* proclama l'arbitre.

Ippon, c'était le plus gros avantage, les 10 points qui assuraient la victoire !

Samuel et Pete se relevèrent, rajustèrent leurs kimonos et se saluèrent. L'arbitre ouvrit le bras en direction de Sam pour désigner le vainqueur. Applaudissements frénétiques de Grand Ma' et Grand Pa' depuis les gradins !

Alors qu'il mettait ses chaussons pour regagner le vestiaire, la délicieuse voix de Monk murmura derrière lui :

– Pas mal, Faulkner. Pete Moret, c'est ton niveau, ça… Je n'aurais pas aimé que tu perdes, si tu vois ce que je veux dire.

Il serrait ses gros poings d'un air belliqueux.

– Ça me fait plaisir de ne pas te décevoir, Monk.

Sam ne demanda pas son reste et lui fila sous le nez : inutile de s'infliger une humiliation supplémentaire. Quant à savoir s'il finirait par l'affronter, il préférait ne pas y penser. Il se réfugia aux toilettes pour être plus tranquille et ne remonta que pour le deuxième combat.

La suite de la matinée se déroula comme dans un rêve. Le tirage au sort lui avait été favorable car, jusqu'aux seizièmes de finale, Sam ne rencontra que des adversaires à sa portée, qu'il avait battus au moins une fois par le passé. Qui plus est, il se sentait dans une forme olympique, enchaînant les prises avec facilité et même avec plus de force qu'à l'accoutumée. Sam avait toujours été un assez bon judoka, du moins sur le plan de la vivacité et de la technique, mais il lui manquait de la puissance dans les projections et de la résistance dans le travail au sol. Il était cependant plus à l'aise aujourd'hui qu'il ne l'avait jamais été. Il revit son reflet dans la glace de la salle de bains, ses cuisses et ses bras qui lui paraissaient plus robustes, et finit par se convaincre qu'il avait effectivement pris du muscle. Son passage dans la grue à Bruges ? Ses courses dans le Vieux-Bois ? Voyager dans le temps valait peut-être toutes les séances de musculation !

Ragaillardi, il aborda son quatrième match de la matinée avec sérénité. Son adversaire était cette fois un garçon de Fontana, un ceinture marron nerveux et rapide qu'il ne connaissait pas. Celui-ci le cueillit d'entrée par surprise et lui infligea un *Yuko* – 5 points – en lui fauchant le pied droit alors que Sam tentait de saisir sa garde. Heureusement, il retomba sur le côté et put se mettre en boule pour éviter l'immobilisation. Aucun des deux ne prenant l'avantage au sol, l'arbitre les sépara – *Matte !* – et le combat reprit debout. Ce n'est que dans la dernière minute que Samuel entrevit la solution, grâce à un *Uki otoshi* peu orthodoxe : son adversaire s'étant imprudemment engagé, il le tira à lui en s'accroupissant légèrement, puis lui imprima un mouvement brusque en sens inverse. Doublement déséquilibré, le garçon de Fontana chuta sur le dos, ce qui valut à Sam un beau *Waza-ari*. 7 points contre 5, il l'emportait de justesse…

Grand Ma' était aux anges lorsqu'ils se retrouvèrent à midi dans la cafétéria près du gymnase.

– Les quarts de finale, Sammy ! Toi qui ne voulais même pas y aller !

– J'ai eu de la chance, lâcha-t-il sans lever les yeux de ses spaghettis bolognaise.

– Ça, tu peux le dire, renchérit Rudolf. Sur les tapis de gauche, c'était une autre paire de manches ! On aurait dit qu'ils étaient tous beaucoup plus grands et plus forts. Surtout celui avec lequel tu parlais au début, là…

– Monk ?

– Peut-être ! C'est un vrai boucher, ce gars. Il les a tous exécutés en moins d'une minute !

– Et… tu risques de l'avoir comme adversaire ? s'inquiéta Grand Ma'.

– Je n'ai pas regardé le tableau, éluda Sam. De toute façon, je n'irai pas loin cet après-midi. Je peux avoir d'autres pâtes ?

Au dessert, Rudolf sortit le portable de Lili de sa poche et le posa d'un air énigmatique sur la table.

– J'avais une question, Samuel… Si tu n'as pas vendu le téléphone, tu l'as utilisé, n'est-ce pas ? Tu as fait des photos ?

« Zut ! » se dit Sam. Il fallait en plus que ce crétin aille fourrer son nez dans l'album numérique ! Heureusement qu'il avait effacé les vues ratées des chevaliers !

– Vous avez fouillé, Rudolf ? Lili ne sera pas contente…

Rudolf tapa du plat de la main sur sa serviette.

– Tu n'espères pas me donner des leçons de morale, en plus ? Qu'est-ce que c'est que ces clichés ?

– De quoi s'agit-il ? s'enquit Grand Pa'.

– D'une vieille ville sous la neige. Sous la neige, en cette saison, vous le croyez ? Je serais curieux de savoir où il les a prises…

– Si ce n'est que ça… soupira Grand Pa'.

– Vous ne vous rendez pas compte ? s'excita Rudolf. Depuis le début il se moque de nous ! Il n'était pas chez son père l'autre jour ! Ni à la gare le week-end dernier ! Il se promène je ne sais où !

L'espace d'une seconde, Samuel se crut découvert. Rudolf l'observait d'une manière réellement inquiétante, comme s'il faisait de tout cela une affaire personnelle. Ou bien Lili avait-elle vendu la mèche ? Non, c'était impossible. Rudolf ne supportait tout simplement pas qu'on lui résiste.

– Il y avait une belle émission sur les villes d'Europe, jeudi soir, fit Sam. Vous ne l'avez pas vue ? J'ai juste photographié l'écran…

– Tu mens ! Le résultat n'aurait pas cette qualité !

– Détrompez-vous, Rudolf, cet appareil a une très bonne définition. Deux millions de pixels, si j'ai bien lu… Vous choisissez toujours le meilleur, n'est-ce pas ? Maintenant excusez-moi, je dois retourner m'échauffer.

Et il se leva de sa chaise afin de couper court à toute interrogation supplémentaire…

Quand il entra dans le *dojo*, la compétition était loin d'avoir recommencé. Beaucoup de gens déjeunaient d'un sandwich dans les tribunes et les judokas s'étaient regroupés par affinité autour des tatamis.

– Un grand jour pour toi ! lui lança gentiment Pete Moret. Je ne t'ai jamais vu aussi remonté !

– Merci !

– Tu sais contre qui tu tires en quart ?

– Je… je vais voir.

En réalité, Sam fit d'abord un détour par le vestiaire car il avait aperçu Monk du côté des ordinateurs et il ne tenait pas à subir de nouveaux sarcasmes. Monk du côté des ordinateurs… Cette idée lui trotta dans la tête le temps qu'il se lave les mains. Monk du côté des ordinateurs ! Mais bien sûr, qu'il était stupide !

Il enfila son kimono en vitesse et se précipita à la table des officiels. Monk était un as de l'informatique, Cathie le lui avait affirmé. C'est même lui qui était plus ou moins chargé de la maintenance des ordinateurs ! Il pouvait très bien avoir truqué le tirage au sort pour permettre à Sam de franchir plusieurs tours jusqu'au moment où ils se rencontreraient ! En lui attribuant des adversaires de moindre valeur, par exemple… Ce qui expliquerait sa brochette de succès le matin !

– Pardon, vous avez le tableau des quarts de finale ?

Jonathan Robin, le secrétaire du club, fit crépiter l'imprimante et lui donna une feuille.

– Bon courage à toi, Faulkner !

Sam se plongea avec angoisse parmi les rectangles et les flèches. *Quart de finale A : Jerry Paxton VS Samuel Faulkner*. Ouf ! Ce n'était pas Monk ! Et Jerry Paxton, Sam le connaissait, il appartenait à l'équipe de Sainte-Mary… Sans être un monstre, il était bien bâti et du genre coriace, il n'y aurait donc aucune honte à perdre contre lui ! Et à éviter Monk ensuite ! Samuel retrouva le sourire : il allait se défendre mollement face à Paxton et terminer le tournoi indemne, sans avoir démérité pour autant ! Rudolf pourrait remballer ses réflexions sur la discipline et le caractère ! Au pire, si Paxton commettait une erreur grossière… Sam reprit la feuille : *Quart de finale B : Milton Farley VS Ronald Joly*. C'était avec l'un de ces deux-là que se disputerait la demi-finale ! La vie était belle dans tous les cas de figure !

Sam examina les tribunes en essayant de localiser son adversaire. Le public était en train de réintégrer le gymnase pour suivre la fin du tournoi et beaucoup de spectateurs se déplaçaient ou attendaient leurs amis debout. Jerry devait traîner avec les plus âgés du club sur la travée nord et… Soudain, Sam fut frappé par la foudre. Paxton était bien côté nord, mais à l'écart des autres. Il était assis au pied des tribunes, un bras amoureusement passé autour du cou d'Alicia Todds…

Son Alicia Todds ! CAR ALICIA TODDS ÉTAIT LÀ ! Et elle sortait avec Jerry Paxton !

Samuel dut s'appuyer sur le panneau d'affichage pour ne pas chavirer. Les images d'Yser lui revenaient et se surimposaient à celles d'Alicia, avec son jean serré et son haut noir qui lui découvrait le nombril. Même à cette distance, sa beauté irradiait le gymnase. Paxton l'embrassait goulûment comme si elle venait d'arriver et leurs mains s'enlaçaient. Sam avait envie de vomir... Sa belle gaieté de tout à l'heure s'envola d'un coup et il eut l'impression que son cœur rapetissait dans sa poitrine. Il respirait par saccades et ses neurones nageaient dans une soupe amère. Alicia... L'instant était sans doute terriblement mal choisi, mais il fallait qu'il lui parle. Il existait un lien entre eux, un lien dont elle ne soupçonnait même pas l'existence, mais qui allait au-delà de tout. Au-delà de sa gêne et de ses peurs, même... Oui, il fallait qu'il lui parle.

Il avança comme un automate vers la travée nord et se planta gauchement devant les amoureux.

– Salut !

Ils levèrent les yeux vers lui, surpris que quelqu'un ose les déranger.

– Faulkner ? gronda Jerry. Ça n'a pas repris, que je sache ?

– Non, c'est-à-dire...

– Samuel et moi, on se connaît depuis longtemps, le coupa Alicia de sa voix mélodieuse. À une époque, nous étions voisins.

Elle le dévisageait avec quelque chose d'indéfinissable dans le regard, un mélange d'intérêt, de curiosité, de rancœur peut-être, et des souvenirs, tellement de souvenirs ! Samuel se griffa la paume des mains pour ne pas pleurer.

– Tu connais, Faulkner, toi ? demanda Paxton. Tu ne me l'avais pas dit !

– Ça fait trois ans au moins qu'on ne s'est pas parlé… répliqua Alicia. Je ne pouvais pas deviner qu'il viendrait nous dire bonjour ! À moins que ce soit seulement à cause du combat ?

– Je suis désolé, Alicia, bredouilla Sam. J'ai… j'ai été idiot. J'aurais dû venir te voir, t'expliquer. C'était si compliqué dans ma tête ! Je m'en veux… Tu as… tu as changé !

« Tu es merveilleusement belle, ajouta-t-il intérieurement, et ça doit crever les yeux que je t'aime encore. »

– Je suppose que c'est un compliment, s'amusa Alicia. Tu as grandi, toi aussi.

Paxton s'impatientait :

– Bon, ça va, Faulkner, on réglera ça tout à l'heure, d'accord ? Va plutôt t'échauffer avec le petit Moret, tu vas en avoir besoin.

– OK, bien sûr, je vous dérange…

Il s'en alla à reculons avec la conscience très nette de passer pour un imbécile. Alicia continuait de le dévisager et Paxton lui décocha un sourire méprisant, du style : « Dégage, minable, tu ne fais pas le poids ! Alicia est à moi ! »

Il n'était plus question pour Sam de se laisser battre…

XIX

Hansoku-Make

Les rencontres de la phase finale se déroulaient sur le tatami central. Les plus jeunes avaient fini leurs quarts et c'était au tour des 14-16 ans d'entrer en piste. Sam avait fait quelques exercices avec Pete, animé d'une rage sourde. De temps à autre, il jetait un œil du côté d'Alicia, mais celle-ci lui tournait le dos. Il allait bien falloir qu'elle le regarde, pourtant…

– Samueeel Faulkneeer !

Il monta sur le tapis sous les applaudissements et s'inclina devant son adversaire.

– *Hadjime !*

Le premier choc fut rude. Samuel et Jerry se livrèrent une véritable bataille de mains pour attraper la manche ou le revers de leur *judogi* respectif. Mais Sam n'avait aucune intention de céder : il avait aidé six siècles plus tôt l'ancêtre d'Alicia Todds à se débarrasser de l'Écoutète, ce n'était pas pour se laisser ridiculiser devant sa descendante ! Paxton tenta plusieurs balayages en se servant de son poids, mais Sam tint bon sur ses jambes. Il comptait sur l'arrogance du jeune homme et sur son excès de confiance : Jerry semblait si sûr de lui ! Le problème était qu'il mesurait cinq ou six centimètres de plus et qu'il fallait d'ici là le tenir à distance. Sam esquissa donc une ou deux attaques, moins dans l'espoir de marquer des points qu'afin d'éviter d'être sanctionné pour défaut de combativité. Au cours de la troisième minute, et alors que Sam sentait la fatigue venir, Jerry se découvrit : convaincu de sa supériorité physique, il lâcha le revers de Sam et lui attrapa le col pour le tirer en arrière et lui faire perdre ses appuis. Sam ne fit ni une ni deux : en un éclair, il enroula son épaule sous le bras de Paxton, plia les genoux dans le même mouvement et se propulsa vers l'avant. Le corps de Jerry dessina une jolie courbe dans les airs et s'en alla s'écraser sur le tapis. Vlam !

– *Ippon !* cria l'arbitre.

Il y eut un tonnerre d'acclamations. Sam avait gagné ! Il se redressa sans trop y croire... Grand Ma' lui envoyait des baisers et Rudolf avait la mine déconfite. Double victoire ! Du côté de la tribune nord, Alicia s'était levée. Maintenant, oui, elle le regardait.

Maître Yaku le félicita parmi les premiers :

– Qu'est-ce que je t'avais dit, Sam ? Tu ne dois pas avoir peur de te faire confiance ! Tu as les moyens d'aller au bout !

Sam accepta le compliment et se garda d'avouer qu'il allait s'aplatir en demi-finale. Son contrat était d'ores et déjà rempli !

Durant la demi-heure qui suivit, il assista d'un œil distrait aux trois autres combats. Pour lui, c'était terminé... Ronald Joly remporta le quart de finale B après avoir lutté férocement au sol et Monk se qualifia sans surprise aux dépens d'un ceinture noire de Fontana. Mais tout cela n'avait aucune importance... Les matchs des 11-13 ans ne le passionnèrent guère plus, et c'est l'esprit totalement libre qu'il se prépara à disputer – et à perdre – sa demi-finale. Sinon qu'à deux minutes du combat, Jonathan Robin, le secrétaire du club, vint lui taper sur l'épaule.

– Faulkner ! J'ai une bonne nouvelle pour toi. Tu vas directement en finale !

Samuel sursauta.

– Quoi ?

– Ronald Joly s'est blessé au sol tout à l'heure, il a dû se luxer l'épaule. Il a déclaré forfait.

– Quoi ?

– Tu es sourd, Faulkner ? Tu es en finale !

Au micro, le speaker confirmait en effet l'annulation du combat et présentait dans la foulée les autres demi-finalistes – en l'occurrence, Monk et le grand blond longiligne, les deux mêmes qui s'asticotaient à l'ouverture du tournoi. Sam était anéanti. Depuis son banc, il les vit s'élancer l'un vers l'autre comme des animaux sauvages et se heurter furieusement en poussant des cris rauques. Sam n'était pas prêt à endurer ça ! À un moment, le grand blond tenta de soulever Monk en hurlant sous son poids et l'on entendit distinctement craquer ses côtes. Ou ses os, ou ses cartilages, on ne savait pas très bien… L'attaque ne porta pas ses fruits et tous deux poursuivirent au sol en s'empoignant de plus belle. L'arbitre dut même intervenir pour éviter qu'ils ne s'éborgnent !

Samuel ferma les yeux. « Je vais affronter Monk en finale, se répétait-il, et devant Alicia… Je vais affronter Monk en finale et devant Alicia…, etc. » Lorsqu'il les rouvrit, Monk était sur le dos, emprisonnant son adversaire entre ses jambes et l'étranglant si durement avec le bras que l'autre en était presque violet. Le grand blond frappa plusieurs fois à terre en signe d'abandon. Ce fut une nouvelle explosion de bravos. Samuel n'avait plus que quelques minutes à vivre !

Le dernier quart d'heure avant la finale fut particulièrement terrible. Tout le monde l'encourageait ou lui donnait des conseils pendant que lui avait la nausée. Exactement comme s'il s'était servi de la pierre… La pierre, justement, c'est maintenant qu'il aurait eu besoin d'elle ! Un petit tour au Japon, pourquoi pas, à n'importe quelle époque. Mais il avait beau penser très fort à la pièce et au soleil, rien ne se produisait. Il allait mourir ici, dans le dojo de Sainte-Mary, face à la foule en délire !

Il quitta ses chaussons et monta sur le tapis la mort dans l'âme. Monk était encore plus impressionnant en kimono blanc et à un mètre de distance. Une sorte de Yéti… un Yéti qui se léchait les babines, en plus. Car oui, Monk se léchait les babines. Il allait le dévorer tout cru !

Samuel s'efforça de se concentrer sur ce qu'il avait résolu de faire : succomber peut-être, mais la tête haute. Alicia était là, ne pas l'oublier… Plus il se concentrait cependant, plus il avait l'impression qu'un brouillard léger lui voilait les yeux. Son inconscient, sans doute, qui refusait de voir…

– *Hadjime !* aboya l'arbitre.

Allez, résister plus de 43 secondes, record à battre !

Monk bondit sur Sam qui réussit *in extremis* à sauver sa garde. L'autre parvint néanmoins à lui attraper la manche et s'efforça de le faire tourner. Sam s'arc-bouta pour ne pas céder. Monk était beaucoup plus lourd, évidemment, beaucoup plus puissant. Il sentait aussi la sueur et les pieds… Dix secondes d'écoulées ? Le Yéti avança la jambe, tranquillement, pour le tester côté droit. Comme à l'entraînement… Il ne semblait pas pressé d'en finir, en réalité. D'abord le fatiguer, s'amuser avec lui… La vieille histoire du chat et de la souris ! Monk lança ensuite un mouvement de hanche et Sam n'eut que le temps de se décaler pour l'esquiver. Au passage, son poignet se tordit et il réprima une grimace. La silhouette de Monk, énorme et grotesque, accrochée à son *judogi*, lui paraissait irréelle. Pas son haleine.

Il se rendit compte alors que Monk redoublait de plus en plus fréquemment chacun de ses gestes. Comme sa cousine Lili lorsqu'il était revenu dans la cave... Ou comme le lionceau Paulus qui courait après son scarabée dans la télévision... Monk allongeait le bras pour lui prendre le revers, esquissait une feinte de corps pour l'attirer à lui, puis allongeait de nouveau le bras, répétait la feinte de corps... C'était si désarmant que Sam ne vit pas venir le balayage magistral qui l'envoya au tapis. Il tomba rudement à terre et n'évita le *Ippon* qu'en chutant sur la fesse au lieu du dos.

– *Waza-ari!* annonça l'arbitre.

Samuel se recroquevilla pour échapper aux grandes mains de Monk qui essayaient de le retourner. S'il l'avait vraiment voulu, celui-ci n'aurait eu aucun mal à conclure au sol. Mais visiblement, il avait d'autres projets.

– *Matte!*

L'arbitre intima aux adversaires de se séparer et de rajuster leurs kimonos. Il n'y avait plus aucun bruit sur les gradins et chacun retenait son souffle, pressentant que le Yéti était sur le point d'en finir.

Monk avança en sautillant, un léger sourire au coin des lèvres. Puis il recula brusquement et se remit à sautiller en avançant, le même sourire – ignoble – au coin des lèvres. Samuel battit des paupières: l'écho s'était bel et bien installé. Une sorte de distorsion dans le temps qui lui permettait de voir ce qui était sur le point de se produire avec une ou deux secondes d'avance, provoquant ce fameux effet de « déjà-vu ». Autrement dit...

Sam écarta vivement sa cheville à l'instant où Monk allait tenter de la faucher. Autrement dit, Sam pouvait anticiper les actions de son adversaire une à deux secondes *avant* qu'il ne les réalise ! Cette façon de se baisser, par exemple : Monk s'apprêtait à glisser son bras entre ses jambes pour le soulever, le basculer par-dessus ses épaules et obtenir un *Ippon* retentissant ! Samuel n'eut qu'à reculer de quelques centimètres pour déjouer la manœuvre et déséquilibrer un instant son adversaire. Le Yéti eut l'air étonné et il y eut un murmure dans la salle. Que se passait-il ?

Monk se rapprocha alors et lança un mouvement de hanche pour embarquer Sam sur le côté. Mais cette fois encore, Sam l'avait prévu. Il accompagna le geste en contournant Monk et plaça un timide balayage. Le Yéti parut désarçonné : une deuxième tentative qui venait d'échouer ! Et de manière tout aussi inexplicable ! Évidemment, se dit Sam, le judo dans ces conditions, ce n'était pas très équitable. Mais qu'est-ce qu'il y avait d'équitable dans un combat entre lui et Monk ?

Durant d'interminables secondes, le Yéti s'escrima ainsi à placer ses prises, mais son frêle opposant les contrait, ripostant même à l'occasion. Le combat devenait une sorte de danse, un ballet inattendu entre David et Goliath. Et Monk s'énervait… Las de ne pas conclure, il déclencha l'un de ses gestes préférés, *Morote*, où l'avant-bras replié passait sous l'aisselle de l'adversaire et, par rotation du corps, le projetait dans les airs et au sol. Sauf que Sam avait déjà eu la primeur de ce geste, Monk ayant eu l'extrême obligeance de le répéter « à blanc » deux secondes plus tôt… Au moment où il arma son avant-bras pour pivoter, Samuel se jeta de toutes ses forces du même côté, entraînant Monk avec lui dans sa chute. Emporté par son élan et son poids, le Yéti décrivit une sorte de roue imparfaite avant de retomber lourdement sur le tapis.

– *Waza-ari !* s'exclama l'arbitre.

Un frisson de stupeur parcourut le public : 7 points partout, Samuel venait d'égaliser ! Il se releva promptement – il avait tout à perdre au sol – et chercha les chiffres rouges du chronomètre sur le mur : trente-huit secondes... Trente-huit secondes à tenir !

Monk se redressa à son tour. Le Yéti n'était pas de bonne humeur, autant le dire. Il prit juste le soin de vérifier sa ceinture et s'élança – à deux reprises ! – en soufflant comme un bœuf. Les bras en avant, il tâchait d'agripper Sam par la manche mais, comme par magie, celui-ci ne cessait de se dérober et ses grosses mains se refermaient sur le vide. Un ou deux rires fusèrent dans l'assistance – dont celui d'Alicia, Samuel l'aurait juré – , ce qui acheva de mettre le Yéti hors de lui.

– Je vais t'écraser, hurla-t-il, je vais t'... !

L'arbitre intervint en tapant du pied :

– *Hansoku-Make !*

Les deux combattants s'arrêtèrent net, comme figés dans l'espace. Un ange passa sur le dojo tandis que l'arbitre pointait Monk du doigt. *Hansoku-Make*, c'était la disqualification immédiate pour action contraire à l'esprit du judo. On n'avait pas le droit en effet de menacer son adversaire... Monk était éliminé ! Sam remportait la finale !

Un orage tropical parut s'abattre alors sur le gymnase : le public applaudissait à tout rompre en faisant trembler les gradins. Grand Ma' secouait la tête, incrédule, et Grand Pa' levait les pouces en signe de victoire. Les deux finalistes se saluèrent – Monk avait les yeux baissés – et Sam fut bientôt porté en triomphe, sur une idée de Pete Moret. Il fit deux tours de la salle, juché sur une forêt d'épaules et de bras qui scandaient : « Sa-muel ! Sa-muel ! », pendant que lui tâchait de repérer Alicia. Il la vit dans le coin de la tribune nord et il lui sembla qu'elle souriait...

Après dix minutes de folie et la remise officielle des médailles, Sam put enfin s'échapper vers les douches et se retrouver au calme. Il resta un temps infini sous le jet d'eau, jusqu'à ce que « l'écho » ait totalement disparu. Merci la pierre ! Merci les voyages ! Jamais il n'aurait pu venir à bout de Monk autrement ! Jamais il n'aurait eu la médaille d'or !

Il repassa ensuite dans le vestiaire, dégoulinant d'eau et la serviette autour de la taille, en se demandant si par hasard Monk ne l'attendait pas devant son casier. Mais la pièce était vide, le Yéti avait filé !

Par contre, quelqu'un toquait à l'une des petites fenêtres en hauteur. Sam examina la silhouette accroupie derrière le verre dépoli. Se pourrait-il qu'Alicia… ?

Il tourna la poignée, le cœur à cent à l'heure.

– Lili ?

– Sammy… Excuse-moi de…

Elle regarda par la vitre afin de s'assurer que personne ne l'entendait.

– Rudolf t'attend avec Grand Pa' et Grand Ma' sur le parking, je ne voulais pas qu'ils me voient.

Samuel se demanda pourquoi sa cousine était aussi pâle. Il l'aurait bien fait entrer dans le vestiaire, mais le soupirail était trop étroit.

– Tu sais que j'ai gagné ? s'enflamma-t-il. La médaille d'or ! J'ai battu Monk, tu te rends compte ?

– Oui, Pete Moret me l'a dit, c'est formidable !

– Tu n'as pas l'air dans ton assiette ?

– Je devais aller à la bibliothèque municipale, ce matin, tu te rappelles ? J'avais réservé des bouquins.

– Oui, eh bien ?

Elle tira la sangle de son sac et en sortit un livre.

– J'ai… j'ai continué à chercher sur Vlad Tepes. Tous les renseignements possibles.

– C'est gentil, mais…

Elle lui passa l'exemplaire par la fenêtre.

– J'ai fini par trouver celui-là. Ça parle d'un de ses châteaux en Valachie.

Samuel prit l'ouvrage dans ses mains : *Bran, la demeure de Dracula*. La couverture représentait un château sur un éperon rocheux, avec des tours et des fortifications.

– Il y a plein de photographies à l'intérieur, ajouta-t-elle. Et même… certaines vues des prisons dans les sous-sols. J'ai mis un marque-page, regarde.

Elle prononça ces derniers mots d'une voix minuscule et Sam se dépêcha d'ouvrir à l'endroit indiqué. Il y avait plusieurs images d'une salle basse aux murs décrépis, avec des attaches de chaînes et des boulets. Samuel commençait à deviner pourquoi sa cousine était à ce point bouleversée. N'était-ce pas l'endroit où Vlad Tepes avait enfermé son père ? Car autant que Sam s'en souvenait, l'illustration du Livre du temps montrait un château de ce genre…

– Observe la dernière photo à droite, reprit Lili. D'après l'auteur du livre, le graffiti est d'époque.

Samuel inclina l'ouvrage pour avoir un peu plus de lumière. On voyait un morceau de mur en gros plan, avec une espèce d'inscription blanchie gravée maladroitement dans la pierre. Samuel mit quelques secondes à la déchiffrer, certaines lettres n'étant pas très lisibles. Mais la signification de l'ensemble était claire et l'auteur du message ne faisait aucun doute… Six siècles plus tôt, au fin fond de sa cellule, Allan Faulkner avait écrit :

AIDE-MOI SAM.

Table

Continue le voyage…

LE LIVRE DU TEMPS

II. Les sept pièces

Essayant de contrôler sa peur, Samuel avança d'un mètre l'arme au poing:

– Je viens libérer un prisonnier du nom d'Allan Faulkner, lâcha-t-il d'un trait.

– Que…

– Allan Faulkner, répéta Sam, où est-il?

L'homme avait une barbe rousse de trois jours et un nez épaté, décoré d'une énorme verrue grisâtre. En constatant que Sam n'avait rien d'un chevalier terrifiant bâti comme un lutteur de foire, il poussa un juron:

– Par les cornes de ma belle-mère! C'est quoi cette morvaille? Tu veux me rosser avec ton bout de bois?

S'il en avait eu le temps, Sam aurait formulé deux objections au moins: 1) Il n'était pas une morvaille, quoi que cela puisse signifier. 2) Son bout de bois avait cinq cents ans d'avance technologique. Mais il était pressé et se contenta de viser la cruche de bière. Le pichet explosa en mille morceaux tandis que la détonation emplissait le couloir. Le soldat bondit en arrière et lâcha son couteau, la mine terrorisée.

– C'est… c'est magie noire!

– Précisément, opina Sam. Et si tu ne m'obéis pas, je te jure que je fais pareil avec ta cervelle. Libère Allan Faulkner, vite.

– Allafaukner? demanda le garde. Je ne sais pas de qui tu parles!

À paraître en février 2007

Du même auteur chez NiL et chez Pocket :

Les Sept Crimes de Rome
L'Assassin et le Prophète
Le Mystère de la chambre obscure

Imprimé en Italie
par LegoPrint

Mise en pages : Aubin Leray

Dépôt légal : janvier 2006
Numéro d'édition : 135092
ISBN 2-07-057046-0
Loi n°49-956
du 16 juillet 1949
sur les publications
destinées à la jeunesse